Theodor Storm

Waldwinkel

Beim Vetter Christian

Theodor Storm: Waldwinkel / Beim Vetter Christian

Waldwinkel:
Erstdruck in: Deutsche Rundschau (Berlin), Oktober 1874.
Beim Vetter Christian:
Erstdruck in »Salon für Literatur, Kunst und Gesellschaft«, 1874, S. 129–48.

Neuausgabe mit einer Biographie des Autors
Herausgegeben von Karl-Maria Guth
Berlin 2016

Der Text dieser Ausgabe folgt:
Theodor Storm: Sämtliche Werke in vier Bänden. Herausgegeben von Peter Goldammer, 4. Auflage, Berlin und Weimar: Aufbau, 1978.
Theodor Storm: Sämtliche Werke in vier Bänden. Herausgegeben von Peter Goldammer, Berlin und Weimar: Aufbau, 1967.

Die Paginierung obiger Ausgaben wird hier als Marginalie zeilengenau mitgeführt.

Umschlaggestaltung von Thomas Schultz-Overhage unter Verwendung des Bildes: Vincent van Gogh, Mädchen in Weiss im Wald, 1882

Gesetzt aus der Minion Pro, 11 pt

Verlag: Henricus - Edition Deutsche Klassik GmbH
Mörchinger Str. 33, 14169 Berlin, info@henricus-verlag.de
Druck: Libri Plureos GmbH, Friedensallee 273, 22763 Hamburg

Die Ausgaben der Sammlung Hofenberg basieren auf zuverlässigen Textgrundlagen. Die Seitenkonkordanz zu anerkannten Studienausgaben machen Hofenbergtexte auch in wissenschaftlichem Zusammenhang zitierfähig.

ISBN 978-3-86199-771-9

Bibliografische Information der Deutschen Nationalbibliothek

Die Deutsche Nationalbibliothek verzeichnet diese Publikation in der Deutschen Nationalbibliografie; detaillierte bibliografische Daten sind im Internet über www.dnb.de abrufbar.

Waldwinkel

Über dem Dache des Rathauses, das zugleich die Wohnung des städtischen Bürgermeisters bildete, kreuzten die ersten Schwalben in der Frühjahrssonne; auf der Vorstraße standen die »Bürgermeistersbuben« und suchten vergebens die Königin der Luft mit den Lehmkugeln ihres Pustrohrs zu erreichen. Drinnen aber in seinem Geschäfts- und Arbeitszimmer saß der Gestrenge selbst, der außer dem genannten Amte auch das eines Gerichtsdirektors und Polizeimeisters in seiner Person vereinigte, vertieft in ein dickes Aktenfaszikel, nicht achtend des heiteren Glanzes, der durch die Fenster zu ihm hereinströmte. Da wurde draußen flüchtig an die Tür gepocht, und auf das verdrossene »Herein!« des Beamten trat ein brauner stattlicher Mann über die Schwelle, der indes die erste Hälfte der Vierziger schon erreicht haben mochte.

Der Bürgermeister erhob das rote behagliche Gesicht aus seinen Akten, warf einen flüchtigen Blick auf den Eintretenden und sagte, als er die feinere Kleidung desselben bemerkt hatte, mit einer runden Handbewegung: »Wollen Sie gefälligst Platz nehmen; ich werde gleich zu Ihren Diensten sein.« Dann steckte er den Kopf wieder in die Akten.

Der andere aber war einen Schritt näher getreten. »Bist du jetzt immer so fleißig, Fritz?« sagte er. »Du littest ehemals nicht an dieser Krankheit.«

Der Bürgermeister fuhr empor, hakte die Brille von der Nase und starrte den Sprecher aus seinen kleinen gutmütigen Augen an. »Richard, du bist es!« rief er. »Mein Gott, wie gut du mich noch kennst! Und doch, mein Scheitel ist kahl und der Rest des Haares grau geworden! Ja, ja, ein solches Bürgermeisteramt!«

Die kleine beleibte Gestalt war hinter dem Aktentisch hervorgekommen. Voll Erstaunen blickte er in das Antlitz des ihn fast um Kopfeshöhe überragenden Freundes. »Das«, sagte er und tätschelte mit seiner kurzen Hand über das noch glänzend braune Haar desselben, »das ist natürlich nur Perücke; aber die Augen, diese unnatürlich jungen Augen, das sind doch wohl noch die echten alten aus unseren lustigen Tagen!«

Der Gast ließ lächelnd diesen Strom des Geplauders über sich ergehen, während der Bürgermeister ihn neben sich aufs Sofa niederzog. »Und nun«, fuhr der letztere fort, »wo kommst du her, was bist du, was treibst du?«

»Ich, Fritz?« erwiderte scherzend der andere, »ich suche einen Inhalt für das noch immer leere Gefäß meines Lebens; oder vielmehr«, fügte er etwas ernster hinzu, »ich suche ihn nicht, ich leide nur ein wenig an dieser Leere.«

Der Bürgermeister sah ihm treuherzig in die Augen. »Du, Richard?« sagte er, »der auf der Universität alle Fakultäten abgeweidet hat! Will doch ein alter Kamerad unter einem gewissen Anonymus sogar deine Feder in einer botanischen Zeitschrift entdeckt haben!«

»Wirklich, Fritz? – Er hat nicht fehlgesehen.«

Der kleine dicke Mann besann sich. »Du bist noch ledig?« fragte er. »Ja? Noch immer? Hm! Du warst ein Schwärmer, Richard! Weißt du noch, als wir Studenten auf der Dornburg tanzten? Du hattest derzeit die Braut zu Hause; du wolltest nicht tanzen; du saßest in der Ecke bei dem langen Wassermann, der wegen seiner großen Stiefeln nicht tanzen konnte, und trankst nur Wein, sehr viel Wein, Richard! Du wolltest die seligen Tänze nicht entweihen, die du daheim mit ihr getanzt hattest!«

Der andere war ein wenig still geworden, während der Bürgermeister in plötzlicher Unruhe seine goldene Uhr aus dem Abgrund seiner Tasche zog. »Sag mir, Liebster«, begann er wieder, »du schenkst mir doch den heutigen Tag?«

474

»Ich muß am Nachmittag noch weiter.«

»Immer noch der alte Meister Unruh?«

»Verzeih, die Extrapost ist schon bestellt! Ihr habt hier einige Meilen nördlich zwischen Heidesumpf und Wald noch eine wenig abgesuchte Flora!«

»Aha!« rief der Bürgermeister, »bei Föhrenschwarzeck, wo die verrückten Junker wohnen, die weder einen Baum fällen noch ein Stück Heide aufbrechen wollen!«

Der Gast nickte. »So sagte man mir. Es soll dort in heimlichen Gründen noch allerlei sonst Verschwundenes zu finden sein.«

»Nun, Richard, da könntest du dich ja im Narrenkasten einquartieren!«

»Im Narrenkasten?«

»Freilich! Der Vater der jetzigen Herren hatte noch seine Spezialtollheit! Da ihm sein Schloß zu groß wurde, so baute er sich hinaus zwischen Heide und Wald; ein Häuslein, alle Fenster nach einer Seite und drum herum eine Ringmauer, zwanzig Fuß hoch! Und das Kastellchen nannte er den ›Waldwinkel‹, die Leute aber nennen's noch heut den ›Narrenkasten‹. Dort hat er mitten zwischen all dem Unkraut seine letzten Jahre abgelebt.«

Der andere hatte aufmerksam zugehört. »Wer wohnt denn jetzt darin?« fragte er.

»Jetzt? Ich denke, niemand; oder doch nur Eulen und Iltisse.«

– – Im Nebenzimmer schlug eine Uhr. Der Bürgermeister war aufgesprungen. »Schon elf!« sagte er. »Weißt du, Alter! Ich habe noch einen gerichtlichen Aktus vor mir; du warst ja in der Verbindung unser Schriftwart«, und schmunzelnd fuhr er fort: »da du so eilig bist, wir würden noch ein Plauderstündchen mehr gewinnen, wenn du heute dieses Amt noch einmal im Dienste unserer hochnotpeinlichen Gerichtsbarkeit verrichten wolltest!«

Richard lachte. »Hast du denn keinen Protokollführer?«

»Nein, Liebster; da ich die Würde und das Salarium eines Stadtsekretarius ebenfalls in meiner Person vereinige, so muß ich auch die Lasten dieses Amtes tragen, wenn nicht der Zufall einen so fähigen und gefälligen Freund mir in das Haus bringt.«

– – Einige Minuten später saßen beide am grünen Tisch in dem nebenan liegenden Gerichtszimmer. »Du wirst dich vielleicht noch des gelbhaarigen Theologen erinnern«, sagte der Bürgermeister, während er sich mit behaglicher Würde in dem etwas erhöhten Präsidentensessel niederließ, »den wir seinerzeit wohl nicht mit Unrecht den Denunzianten nannten! Wir haben ihn seit Jahren hier am Ort; der Herr Magister betreibt ein einträgliches Pensionat und steht bei Adel und Honoratioren in hohem Ansehen; man wollte ihn eben auch noch mit dem Gottesdienst an unserem Landeszuchthaus hier betrauen.«

»Was ist mit ihm?« fragte der improvisierte Aktuarius, der schon seine Feder geschnitzt und den gebrochenen Bogen vor sich hingelegt hatte. »Ich entsinne mich eigentlich nur seines abgetragenen Frackes und seiner großen roten Hände.«

»Du wirst ihn gleich erscheinen sehen«, sagte der Bürgermeister, mit der einen Hand den über dem grünen Tisch hängenden Glockenstrang erfassend; »er hatte die Vormundschaft über ein elternloses Mädchen; sie ist jahrelang in seinem Hause gewesen, und er hat sie teilweise mit durch seine Schule laufen lassen. Jetzt ist er eines versuchten Verbrechens gegen dieses Mädchen auf das kläglichste verdächtig; es handelt sich heut nur noch um eine Gegenüberstellung beider.«

475

5

Der Bürgermeister zog die Klingel, und der eintretende Gefangenwärter erhielt Befehl, den Magister vorzuführen.

Es war eine widerwärtige Erscheinung, die sich jetzt, an dem an der Tür zurückbleibenden Gefängniswärter vorbei, mit einem geschmeidigen Bückling in das Zimmer hineinwand.

»Sie brauchen nicht zu weit vorzutreten!« sagte der Bürgermeister, und der Magister zuckte sogleich um einige Fußbreit wieder rückwärts; gleich darauf erhob er seinen platten Kopf mit dem wie angeklebten Gelbhaar gegen die Zimmerdecke und begann sich zu den schwersten Eiden für seine Unschuld zu erbieten.

476

Ohne darauf zu achten, zog der Bürgermeister aufs neue die Glocke, und »Franziska Fedders« trat herein.

Es war die schmächtige Gestalt eines eben aufgeblühten Mädchens; sie war nicht grade hübsch zu nennen; den Kopf mit den aufgesteckten dunkelblonden Flechten trug sie etwas vorgebeugt, der Mund war vielleicht zu voll, die Nase ein wenig zu scharf gerissen; und als sie jetzt ihre tiefliegenden grauen Augen aufschlug, murmelte der Aktuarius unwillkürlich vor sich hin: »Scientes bonum et malum.«

Mit abgewandtem Kopf und mit Glut übergossen, aber mit unverrückter Sicherheit wiederholte sie jetzt die Hauptangaben ihrer früheren Aussagen gegen ihren einstigen Vormund, während dieser seine knochigen Hände rang und seufzende Beteuerungen ausstieß.

Als sie geendet hatte, begann der Magister erst andeutungsweise, dann immer deutlicher, sie eines Verhältnisses mit seinem Gehülfen zu beschuldigen; sie seien verschworen, ihn zu stürzen, um dann selbst das einträgliche Pensionat zu übernehmen.

Mit offenem Munde und vorgestrecktem Halse horchte das Mädchen diesen Beschuldigungen. Richard, der die Feder hingelegt hatte, glaubte zu sehen, wie von der Glut des Hasses ihre Augen dunkler wurden. Plötzlich warf sie den Kopf empor. »Sie lügen, Sie!« rief sie, und wie eine scharfe Schneide fuhr es aus dieser jungen Stimme. Aber wie über sich selbst erschrocken, flogen ihre Blicke unstet und hülfesuchend umher, bis sie in den ernsten Männeraugen haftenblieben, die so ruhig zu ihr hinüberblickten.

Der Magister hatte beide Arme zum Himmel aufgestreckt. »Sie! Du nennst mich Sie, Franziska! Du, die ich in der Liebe des Lammes –« Er brach in sentimentale Tränen aus; er hatte etwas vom winselnden Affen an sich.

»Ich nenne Sie gar nicht mehr!« sagte Franziska ruhig, und ihre Augensterne ruhten noch immer in denen des ihr fremden Mannes, als habe sie hier einen Halt gefunden, den sie nicht mehr zu verlassen wage.

– – Über dessen Seele fuhr es wie ein Traum: das stille Haus am Waldesrand tauchte vor seinem innern Auge auf; ein einsamer Mann und ein verlassenes Mädchen wohnten dort. Sie waren nicht mehr einsam und verlassen; aber um sie her in der lauen Sommerluft war nur der schwimmende Duft der Kräuter, das Rufen der Vögel und fernab aus der stillen Lichtung der unablässige Gesang der Grillen. –

Der Klang der Botenglocke schrillte durch das Zimmer. Als Richard aufblickte, sah er eben das Mädchen aus der Tür verschwinden, der Magister wurde vom Gefängniswärter abgeführt. – – »Ein gescheutes Rackerchen, diese Franziska«, sagte der Bürgermeister, indem er das sauber abgefaßte Protokoll durch seine Namensunterschrift vollzog. »Schade, daß sie nichts in bonis hat; wir wissen nicht recht, wohin mit ihr; für den gewöhnlichen Mägdedienst hat sie zuviel, für eine höhere Stellung zuwenig gelernt.«

Sein Gast war im Zimmer auf und ab gegangen. »Freilich, ein anziehendes Köpfchen!« sagte er; aber seine Worte klangen tonlos, als sei in der Tiefe die Seele noch mit anderem beschäftigt.

»Hm, Richard«, fuhr der Bürgermeister, seine Akten zusammenbindend, fort, »da stimmst du mit unserem Physikus, er meint – er hat mitunter solche Einfälle –, die Augen seien ein halbes Dutzend Jahre älter als das Mädchen selbst.«

»Und wer ist jetzt ihr Vormund, Fritz?«

»Ihr Vormund? – Sie hat keinen Verwandten; wir hatten augenblicklich keinen andern, es ist der Schustermeister an der Hafenecke; seit Beginn der Untersuchung wohnt sie auch bei ihm.«

– – Eine Stunde später sah man den Gast des Bürgermeisters aus einem kleinen Hause an der Hafenecke treten und durch eine gegenüberliegende Straße aus der Stadt hinausschreiten.

Draußen vor den letzten Häusern hielt ein offener Wagen. Ein großer löwengelber Hund, den der auf dem Kutschersitze nickende Postillion an der Leine hatte, riß sich los und sprang, freudewinselnd und mit der mächtigen Rute den Staub der Straße peitschend, dem Kommenden entgegen.

»Leo, mein Hund, bist du da? Ja, ich komme, ich komme schon!«
Ein lebensfroher Ton klang aus diesen Worten, unter denen der Hund
die Liebkosungen seines Herrn entgegennahm.

Vor ihnen, im hellsten Sonnenscheine, breitete sich ein weites Tiefland
aus, zu dem in Wellenlinien sich der Weg hinuntersenkte. Bald saß der
Wanderer auf dem Wagen, und während der Hund in großen Sätzen
nebenhersprang, rollte das Gefährte in den jungen Frühling hinaus, der
blauen Waldferne zu, die in kaum erkennbaren Zügen den Horizont
begrenzte.

Oben in den Eichbäumen, die vor dem Kruge des Dorfes Föhrenschwarzeck standen, lärmten die Elstern, welche ihr Nest gegen zwei rotbrustige
Turmfalken zu verteidigen suchten; die Gäste in der Schenkstube
konnten kaum ihr eigenes Wort verstehen.

»Weiß der Henker!« rief der Krämer aus dem Nachbarstädtchen, der
eben mit dem gegenübersitzenden Wirte sein Quartalgeschäft gemacht
hatte, »was Euch hier alles für Raubzeug um die Ohren fliegt! Dürfen
auch die Falken nicht geschossen werden, Inspektor?«

Der alte graubärtige Mann in brauner Joppe, an den diese Worte
gerichtet waren, nahm mit der kleinen Messingzange eine Kohle aus
dem auf dem Tische stehenden Becken, legte sie auf seine eben gestopfte
kurze Pfeife und sagte dann, während er inmittelst die ersten Dampf-
wolken stoßweise über den Tisch blies: »Ich weiß nicht, Pfeffers, ich
bin nicht für die Falken, da müßt Ihr den neuen Förster fragen.« Er
schien, obschon es noch in der Morgenfrühe war, schon weit im Feld
umher gewesen und nur zu kurzer Rast hier eingekehrt zu sein; denn
die hellen Schweißperlen standen noch auf seiner Stirn, und seinen
Strohhut hatte er vor sich auf dem Schoße liegen.

»Ein neuer Förster?« fragte der Krämer. »Wo habt Ihr den denn
herbekommen?«

»Weiß nicht genau«, erwiderte der Alte; »da droben aus dem Reich,
mein ich; aber schießen kann er wie gehext, und auf die Dirnen ist er
wie der Teufel!«

»Oho, Kasper-Ohm! Da nehmt Eure Ann-Margret in Obacht!«

»Wird sich schon von selber wehren, Pfeffers«, meinte der Wirt.

Aber der Krämer hatte noch mehr zu fragen. »Hm, Inspektor!« sagte
er, »Ihr bekommt ja allerlei Neues in Eueren Wald; Euere Herren
müssen auf einmal ganz umgängliche Leute geworden sein! Habt Ihr

479

denn wirklich den alten ›Narrenkasten‹ an einen Fremden, an einen ganz landfremden Mann vermietet?«

»Diesmal trefft Ihr ins Schwarze, Pfeffers«, sagte der Alte, indem er einen ungeheueren, roh gearbeiteten Schlüssel aus der Seitentasche seiner Joppe hervorzog; »ein paar Wagen mit Ingut sind schon gestern aus- und eingepackt worden; hab des Teufels Arbeit damit gehabt und muß auch jetzt wieder hin, um Fenster aufzusperren und nach dem Rechten zu sehen; meinen Phylax hab ich gestern abend hinter die hohe Hofmauer gesperrt, damit doch eine vernünftige Kreaturenseele bei all den Siebensachen über Nacht bliebe.«

»Und woher ist dieser Mietsmann denn gekommen?« fragte der Krämer wieder.

»Weiß nicht, Pfeffers; kümmert mich auch nicht«, erwiderte der Alte; »kann's selbst nicht kleinkriegen. Aber der Herr soll ein Botanikus sein; dergleichen Schlages liebt ja auch alles, was wild zusammenwächst.«

Der Wirt, der inzwischen seine mit Kreide auf die Tischplatte geschriebene Abrechnung mit dem Krämer noch einmal revidiert hatte, beugte sich jetzt vor und sagte, seine Stimme zu vertrautem Flüstern dämpfend, obgleich niemand außer den dreien im Zimmer war: »Wißt Ihr noch, vor Jahren, als in den Blättern soviel von der großen Studentenverschwörung geschrieben wurde, als sie die Könige all vom Leben bringen wollten – da soll er mit dabeigewesen sein!«

Der Krämer ließ einen langgezogenen Pfiff ertönen. »Da liegt's, Inspekter!« sagte er. »Ich weiß, Ihr hört's nicht gern; aber die Junker, wenn sie jung sind, haben schon mitunter solche Mucken; Euer Junker Wolf ist ja derzumalen auch bei dem Wartburgstanze mit gewesen.«

Der Alte sagte nichts darauf; aber der Wirt wußte noch Weiteres zu erzählen, als wenn seine klugen Elstern ihm's von allen Seiten zugetragen hätten. – Hier aus der Gegend sollte der Fremde sein; aber drüben bei den Preußen hatte man ihn jahrelang in einem dunkeln Kerkerloch gehalten; weder die Sonne noch die Sterne der Nacht hatte er dort gesehen; nur der qualmige Schein einer Tranlampe war ihm vergönnt gewesen; dabei hatte er ohne Kunde, ob Morgen oder Mitternacht, tagaus, tagein gesessen und viele dicke Bücher durchstudiert.

»Aber Kasper-Ohm«, sagte der Krämer und hielt dem Wirte seine offene Tabaksdose hin, »Ihr seid doch nicht etwa wieder in einen Grenzprozeß verzwirnet?«

»Ich? Wie meint Ihr das, Pfeffers?«

»Nun, ich dachte, Ihr wärt wieder einmal in der Stadt bei dem Winkeladvokaten, dem Aktuariatsschreiber, gewesen, bei dem man für die Kosten die Lügen scheffelweis draufzubekommt.«

Kasper-Ohm nahm die dargebotene Prise. »Ja, ja, Pfeffers«, sagte er, einen Blick durchs Fenster werfend, »wenn sie einen nicht in Frieden leben lassen! Hört einmal, wie die armen Heisters schreien!«

»Freilich, Kasper-Ohm. Aber wie ging's denn weiter mit dem Herrn Botanikus?«

»Mit dem? – Nun, glaubt es oder nicht! Eines Tages ist er plötzlich zu Hause angekommen; aber es ist für ihn doch immer noch zu früh gewesen; denn als er mit seinen blinden Augen über die Straße stolpert, wird er von einer Karriole zu Boden gefahren, die eben lustig über das Pflaster rasselt.«

481

»Das verdammte Gejage!« rief der Krämer.

»Ja, ja, Pfeffers; Ihr kennt das nicht, Ihr seid ein lediger Mensch; aber der Herr und die feine Dame, die darin saßen, konnten nicht zwischen die Pferdeohren hindurchsehen: sie hatten zuviel an ihren eigenen Augen zu beobachten.«

»Und hatte er Schaden genommen, der arme Herr?«

»Nein, Pfeffers, nein, das nicht! Aber es ist seine eigene Frau gewesen, die Dame, die mit dem Baron in der Karriole saß.«

Der Krämer ließ wieder seinen langen Pfiff ertönen. »Das ist 'ne Sache; so ist er verheiratet gewesen, als die Preußen ihn gefangen haben! Nun, die Frau wird er wohl nicht mit sich bringen!«

»Sollte man nicht glauben«, meinte Kasper-Ohm; »denn er soll sich's noch einen meilenlangen Prozeß haben kosten lassen, um nur den Kopf aus diesem Eheknoten freizukriegen.«

»Und der Baron, was ist mit dem geworden?«

»Den Baron, Pfeffers? Den hat er totgeschossen, und dann ist er in die weite Welt gegangen, um sich all den Verdruß an den Füßen wieder abzulaufen. Nein, Freundchen, die feine Dame wird er wohl nicht mit herbringen, aber die alte taube Wieb Lewerenz aus Euerer Stadt, und das ist auch eine gute Frau. Sie hat ihren Dienst als Waisenmutter quittiert und kommt nun auf ihre alten Tage in den Narrenkasten.«

Der Inspektor war inzwischen aufgestanden. – »Schwatzt Ihr und der Teufel!« sagte er, indem er lachend auf die beiden andern herabsah; dann trank er sein Glas aus und schritt, den schweren Schlüssel in der Hand, zur Tür hinaus.

– – Unter dem Eichbaum durch, auf welchem der Falke von dem indes eroberten Neste auf ihn herabsah, ging er aus dem Gehöfte auf den Weg hinaus, welcher hier, vom Nordende des Dorfes, zwischen dicht mit Haselnußbäumen bewachsenen Wällen auf die Hauptlandstraße hinausführte. Schon auf der Mitte desselben aber bog er durch eine Lücke des Walles nach links in einen Fußweg ein; in der schon drückenden Sonne schritt er auf diesem über einige grüne, wellenförmig sich erhebende Saatfelder einer mit Eichenbusch besetzten Moorstrecke zu, hinter welcher in breitem Zuge und noch in dem bläulichen Duft des Morgens ein aus Eichen und stattlichen Buchen gemischter Laubwald seine weichen Linien gegen den blauen Himmel abzeichnete. Der Alte trocknete mit seinem Tuch den Schweiß sich von der Stirn, als er endlich in diese kühlen Schatten eintrat; über ihm aus einer hohen Baumkrone schmetterte eine Singdrossel ihren Gesang ins weite Land hinaus.

Ein Viertelstündchen mochte er so gewandert sein, und der ihn umgebende Laubwald hatte inzwischen einem Tannenforste Platz gemacht, als sich, aus einem Seitensteige kommend, zwei andere Wanderer zu ihm gesellten.

»Geht's denn recht hier nach dem Narrenkasten?«

Ein Bauerbursche fragte es, der einem zwar einfach, aber städtisch gekleideten Mädchen ihren Koffer nachtrug.

Der Alte nickte. »Ihr könnt nur mit mir gehen.«

»Aber ich will zum Waldwinkel«, sagte das Mädchen.

»Wird wohl auf eins hinauslaufen. Wenn Sie im Waldwinkel was zu bestellen haben, so ist's schon richtig hier.«

»Ich gehöre dort zum Hause«, erwiderte sie.

Der Alte, der bisher seinen Weg ruhig fortgesetzt hatte, wandte sich nach ihr zurück, und seine Augen blickten immer munterer, während er sich das junge Wesen ansah. »Nun«, sagte er, »die Frau Lewerenz hätte ich mir, so zu verstehen, um ein paar Jährchen älter vorgestellt.«

Aber das Mädchen schien für solche Späße wenig eingenommen. Sie sah ihn mit ihren grauen Augen an und sagte: »Ich heiße Franziska Fedders. Die Frau Lewerenz wird wohl mit dem Herrn schon dort sein.«

»Da irren Sie denn doch, Mamsellchen«, meinte der Alte, indem er mit der einen Hand vor ihr den Hut zog und mit der andern ihr den großen Schlüssel zeigte; »die Herrschaft kommt erst heute abend; aber Einlaß sollen Sie drum doch schon bekommen.«

Sie stutzte; aber nur einen Augenblick ruhte der Zeigefinger an der Lippe. »Es ist gut«, sagte sie, »es paßte nicht anders mit dem Fuhrmann; lassen Sie uns gehen, Herr Inspektor!«

Und so wanderten sie auf dem schattigen, mit trockenen Tannennadeln bestreuten Steige miteinander fort; immer riesiger wurden die Föhren, die zu beiden Seiten aufstiegen und ihre Zweige über sie hinstreckten. Plötzlich öffnete sich das Dickicht; eine mit Wiesenkräutern bewachsene, muldenartige Vertiefung, gleich dem Bette eines verlassenen Flusses, zog sich quer zu ihren Füßen hin, während jenseits auf der Höhe wiederum ein Eichen- und Buchenwald seine Laubmassen ausbreitete. Nur ihnen gegenüber zeigte sich eine Lücke, durch welche man bis zum Horizont auf ein braunes Heideland hinausblickte. Zur Linken dieser Durchsicht aber, mit der andern Seite sich hart an den Wald hinandrängend, ragte ein altes Backsteingebäude, das durch sein hohes Dach ein fast turmartiges Aussehen erhielt; eine Mauer, über welcher nur die vier Fenster des oberen Stockwerks sichtbar waren, trat, von den beiden Ecken der Fronte auslaufend, in ovaler Rundung fast an den Rand der Wiesenmulde hinaus.

Der Alte, der während des Gehens Franziska von seinen Einzugsmühen unterhalten hatte, war stehengeblieben und wies schweigend nach dem mit schwerem Metallbeschlag bedeckten Tore, das sich gegenüber in der Mitte der Mauer zeigte. Oberhalb desselben in einer Sandsteinverzierung befand sich eine Inschrift, deren einst vergoldete Buchstaben bei dem scharfen Sonnenlichte auch aus der Ferne noch erkennbar waren. »Waldwinkel« buchstabierte Franziska.

»Oho, Phylax!« rief der Inspektor. »Hören Sie ihn, Mamsellchen; er hat schon meinen Schritt erkannt!«

Aus dem verschlossenen Hofe drüben hatte sich das Bellen eines Hundes hören lassen; zugleich erhob sich von einem Eichenaste, der aus dem Walde auf das Dach hinüberlangte, ein großer Raubvogel und kreiste jetzt, seinen wilden Schrei ausstoßend, hoch über dem einsamen Bauwerk.

Sie waren indes auf der kaum noch sichtbaren Fortsetzung des Waldsteiges in die Wiesenmulde hinabgegangen. Die nach Süden gelegene Frontseite des immer näher vor ihnen aufsteigenden Gebäudes war von der Sonne hell beleuchtet, sogar an den Drachenköpfen der Wasserrinnen, welche unterhalb des Daches gegen den Wald hinausragten, sah man die Reste einstiger Vergoldung schimmern. Von den beiden

Wetterfahnen, mit welchen an den Endpunkten die kurze First des Daches geziert war, hatte die eine sich fast ganz im grünen Laub versteckt, während die andere sich regungslos am blauen Himmel abzeichnete.

Und jetzt war das jenseitige Ufer erstiegen, und der Inspektor hatte den Schlüssel in dem Bohlentore umgedreht.

Ein schattiger, mit Steinplatten ausgelegter Hof empfing sie, während der Pudel mit Freudensprüngen an seinem Herrn emporstrebte. – Zur Linken des Eingangs war ein steinerner Brunnen, neben dem ein augenscheinlich neu angefertigter, mit Wasser gefüllter Eimer stand; an der Mauer des Hauses, an welcher eben der Sonnenschein hinabrückte, wucherten hohe, mit Knospen übersäete Rosenbüsche; die zu beiden Seiten der Haustür auf den Hof gehenden Fenster wurden fast davon bedeckt. »Der alte Herr«, sagte der Inspektor, »hat sie selber noch gepflanzt.«

Dann traten sie über ein paar Stufen in das Haus. – Zur Linken des Flurs lag die Küche; zur Rechten ein einfensteriges Zimmer, dessen Ausrüstung schon die künftige Bewohnerin erkennen ließ. Zwar das hohe Bettgerüst dort entbehrte noch des Umhanges wie des schwellenden Inhalts; aber in der Ecke standen Spinnrad und Haspel, und über der altfränkischen Kommode hing ein desgleichen Spiegelchen, hinter welchem nur noch die kreuzweis aufgesteckten Pfauenfedern fehlten. »Also, das ist *nicht* Ihr Zimmer, Mamsellchen!« sagte der Alte, noch einmal einen Scherz versuchend.

485 Als er keine Antwort erhielt, deutete er auf seinen Pudel, der lustig die zum oberen Stockwerk führende Treppe hinaufsprang. »Folgen wir ihm!« sagte er; »dort hinten sind nur noch die Vorratskammern.«

Oben angekommen, schloß er die Tür zu einem mäßig großen Zimmer auf, das bis auf die Vorhänge völlig eingerichtet schien. Die beiden Fenster, mit denen es über die Wiesenmulde auf den Tannenwald hinaussah, waren die mittleren von den vieren, welche sie von drüben aus erblickt hatten. Vor dem zur Linken stand ein weichgepolsterter Ohrenlehnstuhl, an der Seitenwand des andern ein Schreibtisch mit vielen Fächern und Schiebladen; neben diesem, bereits im Ticktack ihren Pendel schwingend, hing eine kleine Kuckucksuhr, wie sie so zierlich weit droben im Schwarzwalde verfertigt werden. Eine altmodische, aber noch wohlerhaltene Tapete, mit rot und violett blühendem Mohn auf dunkelbraunem Grund, bekleidete die Wände.

Schweigend, aber aufmerksam betrachtete Franziska alles, während sie dem Alten die Fensterflügel öffnen half.

Zu jeder Seite dieses Blumenzimmers, und durch eine Tür damit verbunden, lag ein schmäleres; beide nur mit einem Fenster auf den Tannenwald hinausgehend. In dem zur Linken befanden sich außer einigen Stühlen nur noch ein eisernes Feldbett und ein paar hohe Reisekoffer. Franziska warf nur einen flüchtigen Blick hinein, während ihr Führer schon die Tür des gegenüberliegenden geöffnet hatte.

»Und nun gibt's was zu lesen!« rief dieser. »Der Herr Doktor ist selbst hier außen gewesen und hat einen ganzen Tag da drin gesessen.«

Und wirklich, es war eine stattliche Hausbibliothek, die hier in sauberem Einband auf offenen Regalen an den Wänden aufgestellt war. Aber während das Mädchen einen Band von Okens »Isis« herauszog, der ihr aus des Magisters Pensionat bekannt war, hatte der Alte dem Fenster gegenüber schon eine weitere Tür erschlossen.

Das Zimmer, in welches sie hineinführte, lag gegen Westen und im Gegensatz zu den sonnigen Räumen der Vorderseite noch in der Schattendämmerung des unmittelbar daran grenzenden Waldes.

486

»Sie müssen nicht erschrecken, Mamsellchen«, sagte der Alte, indem er auf ein Eisengitter zeigte, womit das einzige Fenster nach außen hin versehen war. »Es ist kein Gefängnis, sondern auch nur so eine Liebhaberei vom alten Herrn gewesen.«

»Ich erschrecke nicht so leicht«, sagte das Mädchen, indem sie, ihm nach, über die Schwelle trat.

»Nun, so wollen wir den Burschen Ihr Gepäck heraufbringen lassen; denn dort das Bettchen und das Jungfernspiegelchen hier auf der Kommode werden doch wohl für Sie dahin beordert sein.«

Als Franziska ihre Sachen in Empfang genommen und den Burschen abgelohnt hatte, meinte der Alte: »Und jetzt, Mamsellchen, werd ich Sie ins Dorf zurückbegleiten; es ist zwar ein Stündchen Wandern, aber einen guten Eierkuchen wird Ihnen Kaspers Margret schon zu Mittag backen, und gegen Abend wird der Herr Doktor dort zu Wagen einkehren, um von mir den Schlüssel in Empfang zu nehmen.«

Allein das Mädchen schüttelte den Kopf. »Ich bin nun einmal hier; zu essen hab ich noch in meiner Reisetasche.«

Der Alte rieb sich das bärtige Kinn mit seiner Hand. »Aber ich werde Sie einschließen müssen; ich muß dem Herrn Doktor selbst den Schlüssel überliefern.«

»Schließen Sie nur, Herr Inspektor!«

»Hm! – Soll ich Ihnen auch den Phylax hierlassen?«

»Den Phylax? Weshalb das? Da könnt's am Ende doch noch auf eine Hungersnot hinauslaufen.«

»Nun, nun; ich dachte nur; er ist so unterhaltsam.«

»Aber ich habe keine Langeweile.«

»Ja, ja; Sie haben recht.«

»Also, Herr Inspektor!«

»Also, Mamsellchen, soll ich schließen?«

Sie nickte ernsthaft; dann, ruhig hinter ihm herschreitend, begleitete sie den Alten auf den Hof hinab. Als dieser aus der Ringmauer hinausgetreten und das schwere Tor hinter ihr abgeschlossen war, flog sie behende in das Haus zurück. Mit dem Kopf an den Fensterbalken lehnend, blickte sie droben vom Wohnzimmer aus dem Fortgehenden nach, der eben durch die Kräuter an der jenseitigen Höhe emporschritt. Als er nebst seinem Hunde drüben zwischen den Föhren verschwunden war, trat sie in die Mitte des Zimmers zurück; sie erhob ihre kleine Gestalt auf den Zehen, atmete tief auf, und langsam um sich blickend, drückte sie beide Hände auf ihr Herz. Ein zufriedenes Lächeln flog über das in diesem Augenblicke besonders scharf gezeichnete Gesichtchen.

Gleich darauf ging sie durch die Bibliothek in ihre Kammer, wohin nun auch der Sonnenschein den Weg gefunden hatte. Vor den Spiegel tretend, löste sie ihre schweren Flechten, daß das dunkelblonde Haar wie Wellen an ihr herabflutete. So kniete sie vor ihren Koffer hin, kramte zwischen ihren Habseligkeiten und räumte sie in die leeren Schubladen der Kommode. Ein Kästchen mit Saftfarben, Pinseln und Zeichenstiften, einige Blätter mit nicht ungeschickten Blumenmalereien waren dabei auch zum Vorschein gekommen. Als alles geordnet war, flocht sie sich das Haar aufs neue und kleidete sich dann so zierlich, als der mitgebrachte Vorrat es nur gestatten wollte.

Wie beiläufig hatte sie inzwischen ein paar Butterbrötchen aus ihrer Reisetasche verzehrt; jetzt, als müsse sie innerhalb dieser Mauern jedes Fleckchen kennenlernen, schlüpfte sie auf leichten Füßen noch einmal durch das ganze Haus; durch alle Zimmer, in die Küche, in den von dort hinabführenden Keller; dann stieg sie auf einer bald von ihr erspähten Treppe auf den Hausboden, über welchem hoch und düster sich das Dach erhob. Es huschte etwas an ihr vorbei, es mochte ein Iltis oder ein Marder gewesen sein; sie achtete nicht darauf, sondern tappte sich nach einer der insgesamt geschlossenen Luken und rüttelte daran, bis sie aufflog. Es war die Hinterseite des Daches, und unter ihr unabsehbar dehnte sich die Heide aus, immer breiter aus dem Walde herauswachsend.

488

Hier in dem dunkeln Rahmen der Dachöffnung kauerte sie sich nieder; nur ihre grauen Falkenaugen schweiften lebhaft hin und her, bald zur Seite über die in der Mittagsglut wie schlummernd ruhenden Wälder, bald hinab auf die kargen Räderspuren, welche über die Heide zu der soeben von ihr verlassenen Welt hinausliefen.

In der Zeit, die hierauf folgte, erfuhr das Wild in der Umgebung des »Narrenkastens« eine ihm dort ganz ungewohnte Beunruhigung in der Stille seines Sommerlebens. Aus den Kräutern der jungen Tannenschonung springt plötzlich der Hirsch empor und stürmt, nicht achtend seines knospenden Geweihes, in das nahe Waldesdickicht; draußen im Moorgrund fliegen zwei stahlblaue Birkhähne glucksend in die Höhe, die seit Jahren hier unbehelligt ihre Tänze aufführen durften; selbst Meister Reineke bleibt nicht ungestört.

In einem alten Riesenhügel hat er sein Malepartus aufgeschlagen und sitzt jetzt in der warmen Mittagssonne vor einem seiner Ausgänge, bald behaglich nach den über der Heide spielenden Mücken blinzelnd, bald auf seine jungen Füchslein schauend, die um ihn her ihre ersten Purzelbäume versuchen. Da plötzlich streckt er den Kopf und bewegt horchend seine spitzen Ohren; drüben, vom Saum des Buchenwaldes, hat die Luft einen ungehörigen Laut ihm zugetragen.

Einige Minuten später schreitet ein nicht mehr junger, aber kräftiger Mann über die Heide; ein großer, löwengelber Hund springt ihm voraus und steckt die Schnauze in den Eingang des Hünengrabes, durch welchen kurz vorher der Fuchs und seine Brut verschwunden sind; doch sein Herr ruft ihn zurück, und er gehorcht ihm augenblicklich. Sie kommen eben aus dem Walde; jetzt schreiten sie weiter über die Heide; bald werden sie zusammen dort den Sumpf durchwaten. Sie sind unzertrennlich, sie tun das alle Tage; aber die Tiere brauchen sich vor ihnen nicht zu fürchten; denn der Hund hat nur Augen für seinen Herrn und dieser nur für die stille Welt der Pflanzen, welche, einmal aufgefunden, seiner Hand nicht mehr entfliehen können; heute sind es besonders die Moose und einige Zwergbildungen des Binsengeschlechts, die er unbarmherzig in seine grüne Kapsel sperrt.

489

Mitunter geht auch ein Mädchen an seiner Seite; doch dies geschieht nur selten und bei kürzeren Wanderungen. Meistens ist sie drüben an der Wiesenmulde, hinter den hohen Mauern des »Waldwinkels«; dort geht sie in Küch und Keller einer alten Frau zur Hand, deren gutmütiges Gesicht schon durch die Einförmigkeit seines Ausdrucks eine langjährige Taubheit verraten würde, wenn dies nicht noch deutlicher durch ein Hörrohr geschähe, das sie wie ein Jägerhörnchen am Bande über der Schulter trägt. Das Mädchen weiß, daß die Alte einst die Wärterin ihres jetzigen Herrn gewesen ist; sie zeigt sich ihr überall gefällig und sucht ihr alles an den Augen abzusehen. – Anders steht sie mit dem Herrn selber; er hat keinen Blick wieder von ihr erhalten wie damals in der Gerichtsstube, als er der Aktuar des Bürgermeisters war, so ungeduldig er auch oft darauf zu warten scheint. Zuweilen, wenn sie nach dem Mittagstische die Zimmer oben geordnet hat, was stets mit pünktlicher Sauberkeit geschieht, sitzt sie auch wohl am Fenster des kleinen Bibliothekzimmers und malt auf bräunliche Papierblättchen eine Rispe oder einen Blütenstengel, den der Doktor allein oder sie mit ihm aus der Wildnis draußen heimgebracht hat. Dieser selbst steht dann oft lange neben ihr und blickt schweigend und wie verzaubert auf die kleine, regsame Hand.

So war es auch eines Nachmittags, da schon manche Woche ihres Zusammenlebens hingeflossen war. Er hatte einen Strauß aus Wollgras und gesterntem Bärenlauch vor ihr zurechtgelegt, und sie war emsig beschäftigt, ihn aufs Papier zu bringen. Mitunter hatte er ein kurzes Wort zu ihr gesprochen, und sie hatte ebenso und ohne aufzublicken ihm geantwortet.

»Aber sind Sie denn auch gern hieher gekommen?« fragte er jetzt.

»Gewiß! Weshalb denn nicht? Bei dem Schuster roch das ganze Haus nach Leder; und Bettelleute waren es auch.«

»Bettelleute? – Weshalb sprechen Sie so hart, Franziska?« Es schien, als wenn er ihr zu zürnen suche; aber er vermochte es schon längst nicht mehr. Eine Weile ließ er seine Augen auf ihr ruhen, während sie eifrig an einem Blättchen fortschattierte; als keine Antwort erfolgte, sagte er: »Ich bin kein Bettelmann, aber einsam ist es hier für Sie.«

»Das hab ich gern«, erwiderte sie leise und tauchte wieder den Pinsel in die Farbe.

Neben ihr auf dem Tische lagen mehrere fertige Blättchen; er nahm eines derselben, auf dem eine Blüte der Cornus suecica gemalt war, und schrieb mit Bleistift darunter:

Eine andre Blume hatt ich gesucht –
Ich konnte sie nimmer finden;
Nur da, wo zwei beisammen sind,
Taucht sie empor aus den Gründen.

Er hatte das so beschriebene Blatt vor sie hingelegt; aber sie warf nur einen raschen Blick darauf und schob es dann, ohne aufzusehen, wieder unter die andern Blätter, indem sie sich tief auf ihre Zeichnung bückte.

Noch eine Weile stand er neben ihr, als könne er nicht fort da sie aber schweigend in ihrer Arbeit fortfuhr, so pfiff er seinem Hunde und schritt mit diesem in den Wald hinaus.

Es war ihm seltsam ergangen mit dem Mädchen. In augenblicklicher Laune, fast gedankenlos, hatte er sie in den Kreis seines Lebens hineingezogen; eine Zutat nur, eine Bereicherung für die einförmigen Tage hatte sie ihm sein sollen; und wie anders war es nun geworden! Freilich, die alte Frau Wieb, für die trotz ihrer Taubheit die Welt kein störendes Geheimnis barg, vermochte es nicht zu sehen; aber selbst der löwengelbe Hund sah es, daß sein Herr in den Bann dieses fremden Kindes geraten, daß er ihr ganz verfallen sei; denn mehr wie je drängte er sich an ihn und blickte ihn mit fast vorwurfsvollen Augen an.

Lange waren sie zweck- und ziellos miteinander umhergestreift; jetzt, da schon die Dämmerung in den Wald herabsank, lagerten Herr und Hund unweit des Fußsteiges unter einem großen Eichenbaum, in dem um diese Zeit die Nebelkrähen sich zu versammeln pflegten, bevor sie zu ihren noch abgelegeneren Schlafplätzen flogen.

Der Doktor hatte den Kopf gegen einen moosbewachsenen Granitblock gelehnt, auf dem Franziska sich einige Male ausgeruht, wenn sie mit ihm von einem Ausfluge hier vorbeigekommen war. Seine Augen blickten in das Geäst des Baumes über ihm, wo Vogel um Vogel niederrauschte, wo sie durcheinanderhüpften und krächzten, als hätten sie die Chronik des Tages miteinander festzustellen; aber die schwarzgrauen Gesellen kümmerten ihn im Grunde wenig; durch seine Phantasie ging der leichte Tritt eines Mädchens, desselben, deren müde Füßchen noch vor kurzem an diesem Stein herabgehangen hatten, gegen den er jetzt seinen grübelnden Kopf drückte.

Was hatte eine Betörung über ihn gebracht, wie er sie nie im Leben noch empfunden hatte? – Alles andere, was er ein halbes Leben lang wie ein unerträgliches Leid mit sich umhergeschleppt, es war wie ausgelöscht, er begriff es fast nicht mehr. War es nur der Taumel, nach einem letzten Jugendglück zu greifen? Oder war es das Geheimnis jener jungen Augen, die mitunter plötzlich in jähe Abgründe hinabzublicken schienen? – So manches hatte er an ihr bemerkt, das seinem Wesen widersprach; es blitzten Härten auf, die ihn empörten, es war eine Selbständigkeit in ihr, die fast verachtend jede Stütze abwies. Aber auch das ließ ihm keine Ruhe; es war ein Feindseliges, das ihn zum Kampf zu fordern schien, ja von dem er zu ahnen glaubte, es werde, wenn er es bezwungen hätte, mit desto heißeren Liebeskräften ihn umfangen.

Er war aufgesprungen; er streckte die Arme mit geballten Fäusten in die leere Luft, als müsse er seine Sehnen prüfen, um sogleich auf Leben und Tod den Kampf mit der geliebten Feindin zu bestehen.

Über ihm in der Eiche rauschten noch immer die Vögel durcheinander; da schlug der Hund an, und die ganze Schar erhob sich mit lautem Krächzen in die Luft. Aber aus dem Walde hörte er ein anderes Geräusch; kleine leichte Schritte waren es, die eilig näher kamen, und bald gewahrte er zwischen den Baumstämmen das Flattern eines Frauenkleides. Er drückte die Faust gegen seine Brust, als könnte er das rasende Klopfen seines Blutes damit zurückdrängen.

Atemlos stand sie vor ihm.

»Franziska!« rief er. »Wie blaß Sie aussehen!«

»Ich bin gelaufen«, sagte sie, »ich habe Sie gesucht.«

»Mich, Franziska? Es wird schon dunkel hier im Walde.«

Sie mochte die Antwort, nach der ihn dürstete, in seinem Antlitz lesen; aber sie sagte einfach – und es war der Ton der Dienerin, welche ihrem Herrn eine Bestellung ausrichtet: »Es ist jemand da, der Sie zu sprechen wünscht.«

»Der mich zu sprechen wünscht, Franziska?«

Sie nickte. »Es ist der Vormund, der Schuster«, sagte sie beklommen, als fühle sie das Pech an ihren Fingern.

»Ihr Vormund! Was kann der von mir wollen?«

»Ich weiß es nicht; aber ich habe Angst vor ihm.«

»So kommen Sie, Franziska!«

Und rasch schritten sie den Weg zurück.

– – Es war ein untersetztes Männlein mit wenig intelligentem, stumpfnasigem Antlitz, das in dem Stübchen der Frau Lewerenz auf sie gewartet hatte. Richard führte ihn nach dem Wohnzimmer hinauf, wohin Franziska schon vorangegangen war.

»Nun, Meister, was wünschen Sie von mir?« sagte er, indem er sich auf den Sessel vor seinem Schreibtisch niederließ.

Der Handwerker, der trotz des angebotenen Stuhles wie verlegen an der Tür stehen blieb, brachte zuerst in ziemlicher Verworrenheit einige Redensarten vor, mit denen er die Veranlassung seines heutigen Besuches zum voraus zu entschuldigen suchte. Endlich aber kam er doch zur Hauptsache. Ein alter Bäckermeister, reich – sehr reich und ohne Kinder, wollte Franziska zu sich nehmen; er hatte fallenlassen, daß er sie sogar in seinem Testament bedenken werde, wenn sie treulich bei ihm aushalte; für ihn, den Vormund, sei es Gewissenssache, ein solches Glück für seine Mündel nicht von der Hand zu weisen.

Richard hatte, wenigstens scheinbar, geduldig zugehört. »Ich muß Ihre Fürsorglichkeit anerkennen, Meister«, sagte er jetzt, indem er gewaltsam seine Erregung unterdrückte; »aber Franziska wird nicht schlechter gestellt sein in meinem Hause; ich bin bereit, Ihnen die nötigen Garantien dafür zu geben.«

Der Mann drehte eine Weile den Hut in seinen Händen. »Ja«, sagte er endlich, »es wird denn doch nicht anders gehen.«

»Und weshalb denn nicht?«

Er erhielt keine Antwort; der Angeredete blickte mürrisch auf den Boden.

Das Mädchen hatte während dieser Verhandlung laut- und regungslos am Fenster gestanden. Als Richard jetzt den Kopf zurückwandte, sah er ihre großen grauen Augen weit geöffnet; angstvoll, in flehender Hingebung, alles Sträuben von sich werfend, blickte sie ihn an.

»Franziska!« murmelte er. Einen Augenblick war es totenstill im Zimmer.

Dann wandte er sich wieder an den Vormund; sein Herz schlug ihm, daß er nur in Absätzen die Worte hervorbrachte. »Sie verschweigen mir den wahren Grund, Meister«, sagte er; »erklären Sie sich offen, wir werden schon zusammen fertig werden.«

Der andere erwiderte nur: »Ich habe nichts weiter zu erklären.«

493

Franziska, die mit vorgebeugtem Kopf und offenem Munde den beiden zugehört hatte, war hinter des Doktors Stuhl getreten. »Soll ich den Grund sagen, Vormund?« fragte sie jetzt; und aus ihrer Stimme klang wieder jener schneidende Ton, der wie ein verborgenes Messer daraus hervorschoß.

»Sagen Sie, was Sie wollen!« erwiderte der Handwerker, seine Augen trotzig auf die Seite wendend.

»Nun denn, wenn Sie es selbst nicht sagen wollen – der Bäckermeister hat eine Hypothek auf Ihrem Hause; ich weiß, Sie werden jetzt von ihm gedrängt!«

Richard atmete auf. »Ist dem so?« fragte er.

Der Mann mußte es bejahen.

»Und wie hoch beläuft sich Ihre Schuld?«

Es wurde eine Summe angegeben, die für die Verhältnisse eines kleinen Handwerkers immerhin beträchtlich war.

»Nun, Meister«, erwiderte Richard rasch; aber bevor er seinen Satz vollenden konnte, fühlte er wie einen Hauch Franziskas Stimme in seinem Ohr: »Nicht schenken! Bitte nicht schenken!« Und ebenso leise, aber wie in Angst, fühlte er seinen Arm von ihr umklammert.

Er besann sich; er hatte sie sofort verstanden.

»Meister«, begann er wieder; »ich werde Ihnen das Geld leihen; Sie können es sofort erhalten und brauchen mir nur einen Schuldschein auszustellen. Verstehen Sie mich wohl solange Ihre Mündel sich in meinem Hause befindet, verlange ich keine Zinsen! Sind Sie das zufrieden?«

Der Mann hatte noch allerlei Bedenken, aber es war nur des schicklichen Rückzugs halber; nach einigem Hin- und Widerreden erklärte er sich damit einverstanden.

»So gedulden Sie sich einen Augenblick! Ich werde Ihnen den erforderlichen Auftrag an meinen Anwalt mitgeben.«

Franziska hatte sich aufgerichtet; Richard rückte seinen Sessel an den Schreibtisch. Man hörte die Feder kritzeln; denn die Hand flog, die jene Worte schrieb.

Rasch war der Brief versiegelt und wurde von begierigen Händen in Empfang genommen.

Gleich darauf hatte Richard den Mann zur Tür geleitet; Franziska stand noch an derselben Stelle. Wie gebannt, ohne sich zu rühren, blickten beide auf die Tür, die sich eben wieder geschlossen hatte; als käme es darauf an, sich der schwerfälligen Schritte zu versichern, die jetzt langsam die Treppe hinab verhallten. Einen Augenblick noch, und auch das Auf- und Zuschlagen der Haustür und nach einer Weile das des Hoftores klang zu ihnen herauf.

Da wandte er sich gegen sie. »Komm!« sagte er leise und öffnete die Arme.

Es mußte laut genug gewesen sein; denn sie flog an seine Brust, und er preßte sie an sich, als müsse er sie zerstören, um sie sicher zu besitzen. »Franzi! Ich bin krank nach dir; wo soll ich Heilung finden?«

»Hier!« sagte sie und gab ihm ihre jungen roten Lippen. – –

Ungehört von ihnen war die Zimmertür zurückgesprungen; ein schöner schwarzgelber Hundekopf drängte sich durch die Spalte, und bald schritt das mächtige Tier selbst fast unhörbar in das Zimmer. Sie bemerkten es erst, als es den Kopf an die Hüfte seines Herrn legte und mit den schönen braunen Augen wie anklagend zu ihm aufblickte.

»Bist du eifersüchtig, Leo?« sagte Richard, den Kopf des Tieres streichelnd; »armer Kamerad, gegen die sind wir beide wehrlos.«

– – Auch auf diesen Abend war die Nacht gefolgt. Auf der Schwarzwälder Uhr hatte eben der kleine Kunstvogel zehnmal unter Flügelschlagen sein »Kuckuck« gerufen, und Richard holte den großen Schlüssel aus seiner Schlafkammer, um, wie jeden Abend, das Hoftor in der Mauer abzuschließen.

Als unten auf dem Flur Franziska aus der Küche trat, haschte er im Dunkeln ihre Hand und zog sie mit sich auf den Hof hinab. Schweigend hing sie sich an seinen Arm. So blickten sie aus dem geöffneten Tor noch eine Weile in die Nacht hinaus.

Es stürmte; die Tannen sausten, hinter dem Wald herauf jagte schwarzes Gewölk über den bleichen Himmel; aus dem Dickicht scholl das Geheul des großen Waldkauzes. Das Mädchen schauderte. »Hu, wie das wüst ist!«

»Du, hast du Furcht?« sagte er. »Ich dachte, du könntest dich nicht grauen.«

»Doch! Jetzt!« Und sie drängte ihren Kopf an seine Brust.

Er trat mit ihr zurück und warf den schweren Riegel vor die Pforte; von oben aus den Fenstern fiel der Lampenschimmer in den umschlossenen Hof hinab. »Der nächtliche Graus bleibt draußen!« sagte er.

Sie lachte auf. »Und auch der Vormund!« raunte sie ihm ins Ohr.

Er nahm sie wie berauscht auf beide Arme und trug sie in das Haus. – Und auch hier drehte sich nun der Schlüssel, und wer draußen gestanden hätte, würde es gehört haben, wie auf diesen Klang der große Hund sich innen vor der Haustür niederstreckte.

Bald war auch in den Fenstern oben das Licht erloschen, und das Haus lag wie ein kleiner dunkler Fleck zwischen unzähligen andern in der großen Einsamkeit der Waldnacht.

Franziska war mit dürftiger Kleidung in ihre neue Stellung eingetreten, und obgleich Richard bei seiner ersten Verhandlung mit dem Vormunde in dieser Beziehung alle Fürsorge auf sich genommen hatte, so war bei dem abwehrenden Wesen des Mädchens doch noch kein Augenblick gekommen, in dem er Näheres hierüber hätte mir ihr reden mögen. Freilich war auch dies Gepräge der Armut und nicht weniger die Scham, womit er sie bemüht sah, es ihm zu verdecken, nur zu einem neuen Reiz für ihn geworden; ein süßes, schmerzliches Licht schien ihm bei solchen Anlässen von ihrem jungen, sonst ein wenig herben Antlitz auszustrahlen. – Jetzt aber durfte es so nicht länger bleiben.

Drei Meilen südlich von ihrem Waldhäuschen lag eine große Handelsstadt, und eines Morgens in der Frühe hielt draußen vor dem Tore ein leichter, wohlbespannter Wagen, um sie dorthin zu bringen. Leo war im Hinterhause eingesperrt worden. Frau Wieb, nachdem sie von beiden noch einige freundliche Worte durch ihr Hörrohr in Empfang genommen hatte, nickte munter nach dem Wagensitz hinauf, und fort rollten sie über die holperigen Geleise der Heide in die Welt hinaus.

Auf halbem Wege waren sie in einem Dorfkruge abgestiegen. Als die Wirtin die bestellte Milch brachte, fragte sie, auf Richard zeigend: »Der Herr Vater nimmt doch auch ein Glas?«

»Freilich«, wiederholte Franziska, »der Herr Vater nimmt das andre Glas.«

Mit übermütiger Schelmerei blickte sie zu ihm hinauf.

Es war noch früh am Vormittage, als sie die große Stadt erreichten. Zuerst wurde für die Oberkleider eingekauft; klare, feingeblümte Stoffe für die heißen, weiche, einfarbige Wollenstoffe für die kalten Tage. Die Anfertigung der Kleider wurde in demselben Geschäft besorgt, und Franziska mußte mit einer Schneiderin in ein anliegendes Kabinett gehen, um sich die Maße nehmen zu lassen. Zuvor aber waren von Richard, unter lebhafter Mißbilligung der Verkäufer, die einfachsten

Schnitte zur Bedingung gemacht: »Fürs Haus und für den Wald!« Und Franzi hatte die mitleidigen Blicke, womit die jungen Herren des Ladens sie über den Eigensinn des »Herrn Vaters« zu trösten suchten, ohne eine Miene zu verziehen, über sich ergehen lassen.

Sie gaben ihre Adresse ab und gingen weiter.

Nachdem unterwegs Franziskas Malgerät vervollständigt und bei einer Modistin zwei einfache, aber zierliche Strohhüte eingehandelt waren, traten sie in ein Weißwarengeschäft. Bevor noch Franziska ein Wort dareinreden konnte, hatte er ein Dutzend fertiger Hemden eingekauft.

»Sie sind ein Verschwender« sagte sie; »das hätt ich alles selber nähen können.«

»Du hast recht!« erwiderte er und kaufte das Zeug zu einem zweiten Dutzend.

»Wenn Sie so fortfahren, Richard, so gehe ich in keinen Laden mehr.«

»Nur noch zum Schuhmacher! – Aber was soll das Sie? Bist du mir böse, Franzi?«

»Nein, du; aber du siehst mir heut so vornehm aus.«

»Weiter!« sagte er.

Bald darauf standen sie in dem elegantesten Schuhwarenmagazin; und die Ladendame, nachdem sie etwas herabsehend die unscheinbare Gestalt des Mädchens gemustert hatte, breitete gleichgültig einen Haufen Schuhwerk vor ihnen aus. 498

Ein Zug der Verachtung spielte um Franzis Lippen, als sie auf diese Mittelware blickte; denn sie besaß eine Schönheit, welche an diesem Orte als die höchste gelten mußte und deren sie sich vollständig bewußt war. Aber sie setzte sich gleichwohl auf den bereitstehenden Sessel und zog ihr Kleid bis an die Knöchel in die Höhe.

Das Frauenzimmer, das mit dem Schuhwerk vor ihr hingekniet war, stieß einen Ruf des Entzückens aus. »Ah! Welch ein Aschenbrödelfüßchen! Da muß ich Kinderschuhe bringen.«

Wie eine Fürstin saß Franzi auf ihrem Sessel; Richard, der diesen Sieg vorausgesehen hatte, verschlang den triumphierenden Blick, den sie zu ihm hinaufsandte.

Die Ladendame aber erschien ganz wie verwandelt; ihre Käufer waren offenbar plötzlich in die Aristokratie der Kundschaft hinaufgerückt; sie holte eifrig eine Menge zierlicher Stiefelchen von allen Farben und Arten aus den Glasschränken hervor, die aber sämtlich nach dem Gebot der Mode mit hohen Absätzen versehen waren.

»Nein, nein«, sagte Richard lächelnd, »das mag für gewöhnliche Damenfüße gut genug sein; Füße aus dem Märchen dürfen nicht auf solchen Klötzen gehen!«

»Sie haben recht, mein Herr«, sagte die Ladendame, »aber für die gewöhnliche Kundschaft müssen wir uns nach der Mode richten.« Dann kramte sie wieder in ihren Schränken; und nun brachte sie Stiefelchen, so leicht, so weich – die Elfen hätten darauf tanzen können; gleich das erste Paar glitt wie angegossen über Franzis schlanke Füßchen.

Noch einige Paare wurden ausgesucht, auch für die gemeinschaftlichen Wanderungen zu hoch hinaufreichenden ledernen Waldstiefelchen das Maß genommen; dann trieben die beiden weiter durch die wimmelnde Menschenflut der großen Stadt. Sie hing an seinem Arm; er fühlte mit Entzücken jeden ihrer leichten Schritte, und unwillkürlich ging er immer rascher, als wolle er den Vorübergehenden jeden Blick auf das bezaubernde Geheimnis dieser Füßchen unmöglich machen, die nur ihm und keinem andern je gehören sollten.

Mit sinkendem Abend hielt der Wagen wieder vor dem Hause des Waldwinkels.

– – Einige Tage später brachte die Botenfrau große Packen aus der Stadt; alle Bestellungen waren auf einmal eingetroffen. Franziska trug die Herrlichkeiten auf ihr Zimmer und schloß sich darin ein. Als sie nach geraumer Zeit in die Wohnstube trat, ging sie auf Richard zu, nahm ihn schweigend um den Hals und küßte ihn; dann lief sie in die Küche, um Frau Wieb heraufzuholen.

Es war aber nur noch ein Teil der Sachen und nur das Einfachste, das jetzt, auf Bett und Kommode ausgebreitet, der gutmütigen Alten zur Bewunderung vorgezeigt wurde. Dagegen hatte Franziska derzeit nicht vergessen, Richard an den Einkauf eines guten Kleiderstoffs und einer bunten Sonntagshaube für die Alte zu erinnern. Und jetzt, trotz deren Bitten, sie möge ihr eigen Weißzeug darum nicht versäumen, gab sie keine Ruhe, bis sie zu dem neuen Staat ihr Maß genommen hatte und andern Tages schon zwischen zerschnittenen Stoffen und Papiermustern in Frau Wiebs Kämmerchen am Schneidertische saß. So geschickt wußte sie es der alten Frau vorzustellen, daß sie noch keineswegs zu alt sei, um hier eine Rosette, dort eine Puffe oder Schleife aufgesetzt zu bekommen, daß diese immer öfter aus ihrer Küche in die Zauberwerkstatt hinüberlief und ihrem Herrn beteuerte, die Franziska mache sie noch einmal wieder jung.

Richard schien kaum dies Treiben zu beachten; nur einmal, als er dem Mädchen auf dem Flur begegnete, da sie eben mit allerlei Nähgerät die Treppe herabgekommen war, hielt er sie an und sagte: »Aber Franzi, was stellst du denn mit unserer guten Alten auf? Sie wird ja eitel wie Bathseba auf ihre alten Tage.«

Franziska ließ eine Weile ihre Augen in den seinen ruhen. »Laß nur«, sagte sie dann, »die Alte muß auch ihre Freude haben!« Und schon war sie durch die Kammertür verschwunden.

Sie wohnten zwischen der Heide und dem Walde, in welche seit hundert Jahren keine Menschenhand hineingegriffen hatte; rings um sie her waltete frei und üppig die Natur.

Die Menschen waren fern, nur die Bienen kamen und summten einsam über die Heide. Einmal zwar war der alte Inspektor eingekehrt und hatte wegen der nötigen Feuerung mit der alten Frau Wieb einen Zwiesprach in deren Stübchen abgehalten; dann ein paar Tage später war ein mächtiges Fuder schwarzen Torfes durch den Wald dahergekommen und vor dem Hause abgeladen worden; einmal auch hatte der Krämer aus der Stadt mit seinen neugierigen Augen sich herangedrängt, hatte glücklich ein Geschäft gemacht, war dann aber mit der Weisung entlassen worden, daß in Zukunft alles brieflich solle bestellt werden. Sonst war niemand dagewesen als die Botenfrau, die zweimal wöchentlich Briefe und Blätter, und was ihr sonst zu bringen aufgetragen war, unten in der Küche niederlegte. Einen Besuch auf dem jenseit des Waldes liegenden Schlosse hatte Richard den Junkern zwar versprochen, aber er wurde immer wieder hinausgeschoben. So kam auch von dort niemand herüber. Selbst die Zeitungen, welche von draußen aus der Welt Kunde bringen sollten, wurden seit Wochen ungelesen in einem unteren Fache des Schreibtisches aufgehäuft.

– – Aber an jedem Morgen fast schritten jetzt die beiden miteinander in die würzige Sommerluft hinaus; Franzi in ihren hohen ledernen Waldstiefelchen, die Kleider aufgeschürzt, über der Schulter eine kleine Botanisiertrommel, die er für sie hatte anfertigen lassen. Meistens sprang auch der große Hund an ihrer Seite; mitunter aber, wenn der Himmel mit Duft bedeckt war, wenn still, wie heimlich träumend, die Luft über der Heide ruhte und der Wald wie dämmerndes Geheimnis lockte, dann wurde wohl der Löwengelbe, wenn er neben ihnen aus der Haustür stürmte, in schweigendem Einverständnis von ihnen zurückgetrieben; hastig warfen sie dann das schwere Hoftor zurück und achteten nicht des Winselns und Bellens, das von dem verschlossenen Hofe aus hinter ihnen herscholl. Eilig gingen sie fort, und endlich zwischen Busch und Heide erreichte es sie nicht mehr. Nichts unterbrach die ungeheuere Stille um sie her, als mitunter das Gleiten einer Schlange oder von fern das Brechen eines dürren Astes; im Laube versteckt saßen die Vögel, mit gefalteten Flügeln hingen die Schmetterlinge an den Sträuchern.

Am Waldesrande waren jetzt in seltener Fülle die tiefroten Hagerosen aufgebrochen. Wenn gar so schwül der Duft auf ihrem Wege stand, ergriffen sie sich wohl an den Händen und erhoben schweigend die glänzenden Augen gegeneinander. Sie atmeten die Luft der Wildnis, sie waren die einzigen Menschen, Mann und Weib, in dieser träumerischen Welt.

– – Einmal, nach langer Wanderung, da die Sonne funkelte und schon senkrecht ihre Mittagsstrahlen herabsandte, waren sie unerwartet an den Rand des Waldes gekommen. Sanft ansteigend breitete ein unabsehbares Kornfeld sich vor ihnen aus; es war in der Blütezeit des Roggens; mitunter wehten leichte Duftwolken darüber hin; bis gegen den Horizont erblickte man nichts als das leise Wogen dieser bläulich silbernen Fluten.

Da klang von fern das Gebimmel einer Glocke; weit hinten, drüben aus dem Grunde, wo wohl das Schloß gelegen sein mochte; gleich einem Rufen klang es durch die stille Mittagsluft, und wie hingezogen von den Lauten schritt Franziska in das wogende Ährenfeld hinein, während Richard, an einen Buchenstamm gelehnt, ihr nachblickte. – Immer weiter schritt sie; es wallte und flutete um sie her; und immer ferner sah er ihr Köpfchen über dem unbekannten Meere schwimmen. Da überfiel's ihn plötzlich, als könne sie ihm durch irgendwelche heimliche Gewalt darin verlorengehen. Was mochte auf dem unsichtbaren Grunde liegen, den ihre kleinen Füße jetzt berührten? – Vielleicht war es keine bloße Fabel, das Erntekind, von dem die alten Leute reden, das dem, der es im Korne liegen sah, die Augen brechen macht! Es lauert ja so manches, um unsere Hand, um unsern Fuß zu fangen und uns dann hinabzureißen. – – »Franzi!« rief er; »Franzi!«

Sie wandte den Kopf. »Die Glocke!« kam es zurück. »Ich will nur wissen, wo die Glocke läutet!«

»Das gilt nicht uns, Franzi; das ist die Mittagsglocke auf dem Schloß!«

Sie wandte sich um und kam zurück. Er schloß sie leidenschaftlich in die Arme. »Weißt du nicht, daß das gefährlich ist, so tief in ein Ährenfeld hineinzugehen?«

»Gefährlich?« Sie sah ihn seltsam lächelnd an. Dann tauchten sie in ihren Wald zurück.

– – Ein andermal, nach einem schwülen Tage, waren sie erst spät am Nachmittag hinausgegangen. – Als der Abend schon tief herabsank, ruhten sie am Ufer eines großen Waldwassers, das rings von hohen Buchen eingefaßt war. Zu ihren Füßen; trotz der regungslosen Stille, schwankte das Schilf mit leisem Rauschen aneinander; drüben hinter dem jenseitigen Walde, der seine Schatten auf den Wasserspiegel warf, zuckte dann und wann ein Wetterschein empor; Irisduft wehte über den See, und ein lautloser Blitz erleuchtete ihn.

Er hatte sich über sie gebeugt und ließ es wie ein Spiel an sich vorübergehen, wenn ihr blasses Antlitz aus dem Dunkel auftauchte und wieder darin verschwand. »Weißt du«, sagte er – »es heißt, man solle in den Augen eines Weibes noch mit unter das Schillern der Paradiesesschlange sehen. Eben, da der Blitz flammte, sah ich es in deinen Augen.«

»Schillerte es denn schön?« fragte sie und hielt ihre Augen offen ihm entgegen.

»Betörend schön.«

Und wieder flammte ein Blitz.

»Du bist ein Tor, Richard!«

»Ich glaube es selber, Franzi.«

Und er legte den Kopf in ihren Schoß, und zu ihr empor blickend, sah er wieder und wieder die Wetterscheine in ihren dunkeln Augen zucken.

– – So floß die Zeit dahin. Eines Vormittags aber, als von den Fenstern des Wohnzimmers aus vor dem niederrauschenden Regen der Tannenwald nur noch wie eine graue Nebelwand erschien und die Drachenköpfe unaufhörlich Wasser von sich spien, stand Richard sinnend und allein an seinem Schreibtische, nur mitunter wie abwesend in den trüben Tag hinausblickend.

Franzi trat herein; er hatte sie heute noch nicht gesehen; am Frühstückstische hatte er vergebens auf sie gewartet. Jetzt ging sie schweigend auf ihn zu, drückte ihre Augen gegen seine Brust und hing an seinem Halse, als sei sie nur ein Teil von ihm. Er legte seinen Arm um sie,

503

aber er küßte sie nicht; seine Gedanken waren bei anderen Dingen. Er merkte es kaum, als sie plötzlich wieder aus seinem Arm und aus dem Zimmer sich hinweggestohlen hatte.

Als bald darauf wegen einer wirtschaftlichen Bestellung Frau Wieb ins Zimmer trat, fand sie ihren Herrn vor einer aufgezogenen Schieblade stehen, aus der er allerlei Papiere auf die Tischplatte hervorgekramt hatte. Es waren zum Teil Scheine, deren Vorlegung bei gewissen Lebensakten die bürgerliche Ordnung von ihren Mitgliedern zu verlangen pflegt.

»Sag mir, Wieb«, rief er der Eintretenden zu, »in welcher Kirche bin ich denn getauft? Du bist ja damals doch dabeigewesen.«

»Wie?« fragte die Alte und hielt ihr Hörrohr hin. »In welcher Kirche?«

»Nun ja; mir fehlt der Taufschein; man muß seine Papiere doch in Ordnung haben.«

Nachdem er noch einmal in das Hörrohr gerufen hatte, nannte sie ihm die Kirche.

Aber er hörte schon kaum mehr darauf.

»Nein, nein!« sagte er mit leisen, aber scharfen Lauten vor sich hin, indem er wie abwehrend seine Hand ausstreckte. »Wen geht's was an! Es soll mir niemand daran rühren!«

Als er sich umwandte, stand seine alte Wirtschafterin noch im Zimmer; das Muster der Tapete, das sie mit Aufmerksamkeit betrachtete, schien sie festgehalten zu haben. Er fragte sie: »Was siehst du denn an den verblichenen Blumen, Wieb?«

Die Alte nickte. »Die sitzen da nicht von ungefähr«, erwiderte sie. »Der Herr Inspektor, da er neulich wegen der Feuerung da war, hat es mir erzählt. Vergessen und Vergessenwerden, Herr Richard!

Wer lange lebt auf Erden,
Der hat wohl diese beiden
Zu lernen und zu leiden!

Der alte Herr vom Schlosse drüben – der Großvater ist's gewesen von dem jetzigen – hat nur einen Sohn gehabt, den aber hat er fast übermäßig geliebt und ihn nimmer, auch da er schon in die reiferen Jahre gekommen war, aus seiner Nähe lassen wollen; der junge Herr wäre darüber fast zum Hagestolz geworden. Endlich gab's denn doch noch eine

Hochzeit, und wie der Vater in ihn, so ist der Sohn in seine junge Frau vernarrt gewesen. Der alte Herr aber hat es nicht verwinden können, daß seines Kindes Augen jetzt immer nur nach einer Fremden gingen; er hat den beiden das Schloß gelassen und hat sich in die Einsamkeit hinausgebaut. Die Tapete hier in diesem Zimmer, wo er noch jahrelang gelebt, ist derzeit von ihm selber ausgewählt; es seien die Blumen des Schlafes und der Vergessenheit, so soll er oft gesagt haben. – Haben Sie noch etwas zu befehlen, Herr Richard?«

Er hatte nichts.

Als die Alte hinausgegangen war, blickte auch er noch eine Weile auf die roten und violetten Mohnblumen, dann fielen seine Augen auf ein Wandgemälde, das oberhalb der vom Flur hereinführenden Tür die Tapetenbekleidung des Zimmers unterbrach.

Es war eine weite Heidelandschaft, vielleicht die an dem Waldwinkel selbst belegene, hinter welcher eben der erste rote Sonnenduft herauf-stieg; in der Ferne sah man, gleich Schattenbildern, zwei jugendliche 505 Gestalten, eine weibliche und eine männliche, die Arm in Arm, wie schwebend, gegen den Morgenschein hinausgingen; ihnen nachblickend, auf einen Stab gelehnt, stand im Vordergrunde die gebrochene Gestalt eines alten Mannes.

Als Richard jetzt von dem Bilde auf die Umrahmung desselben hin-überblickte, trat ihm dort, halb versteckt zwischen allerlei Arabesken, eine Schrift: entgegen, die bei näherem Anschauen in phantastischen Buchstaben um das ganze Bild herumlief.

> Dein jung Genoß in Pflichten
> Nach dir den Schritt tät richten;
> Da kam ein andrer junger Schritt,
> Nahm deinen jung Genossen mit;
> Sie wandern nach dem Glücke,
> Sie schaun nicht mehr zurücke.

So lauteten die Worte. Lange stand Richard vor dem Bilde, das er früher kaum beachtet hatte.

Würde das Antlitz jenes einsamen Alten, wenn es sich plötzlich zu ihm wendete, die Züge des Erbauers dieser Räume zeigen, oder war diese Gestalt das Alter selbst, und würde sie – nur eines vermessenen Worts bedurfte es vielleicht sein eigenes Angesicht ihm zukehren? –

Wehte nicht schon ein gespenstisch kalter Hauch von dem Bilde zu ihm herab? Unwillkürlich griff er sich in Bart und Haar und richtete sich rasch und straff empor. – Nein, nein; es hatte ihn noch nicht berührt. Aber wie lange noch, so mußte es dennoch kommen. Und dann? –

Er wandte sich langsam ab und trat an seinen Schreibtisch. Die Papiere, die dort noch umherlagen, legte er in die Schublade zurück, aus der er sie vorhin genommen hatte. – Draußen strömte unablässig noch der Regen.

In den nächsten Tagen schien wieder die Sonne; nur der Wald war noch nicht zu begehen. Aber durch die Heide hatten Richard und Franziska am Nachmittage einen weiten Ausflug gemacht; auf dem Riesenhügel, in welchem Meister Reineke wohnte, hatten sie ihr mitgenommenes Vesperbrot verzehrt, während Leo, der diesmal nicht zurückgetrieben war, an den Eingängen des geheimnisvollen Baues seine vergeblichen Untersuchungen fortgesetzt hatte.

Mit der Dämmerung waren sie heimgekehrt. –

Als Franzi in das Wohnzimmer trat, ging sie schon wieder in den leichten Stiefeln, die sie stets im Hause zu tragen pflegte.

»Du bist blaß«, sagte Richard; »es ist zu weit für dich gewesen.«

»Oh, nicht zu weit.«

»Aber du bist ermüdet, komm!« Und er drückte sie in den großen Polsterstuhl, der dicht am Fenster stand.

Sie ließ sich das gefallen und legte den Kopf zurück an die eine Seitenlehne; die schmächtige Gestalt verschwand fast in dem breiten Sessel.

»Wie jung du bist!« sagte er.

»Ich? – Ja, ziemlich jung.«

Sie hatte ihr Füßchen vorgestreckt, und er sah wie verzaubert darauf hinab. »Und was für eine Wilde du bist«, sagte er; »da geht schon wieder quer über den Spann ein Riß!« Er hatte sich gebückt und ließ seine Finger über die wunde Stelle gleiten. »Wieviel Paar solcher Dinger verbrauchst du denn im Jahr, Prinzeßchen?«

Aber sie legte nur ihren kleinen Fuß in seine Hand, löste ihre schwere Haarflechte, die sie drückte, so daß sie lang in ihren Schoß hinabfiel, und streckte sich dann mit geschlossenen Augen in die weichen Polster.

Im Zimmer dunkelte es allgemach; draußen in der Wiesenmulde stiegen weiße Dünste auf, und drüben im Tannenwalde war schon die Schwärze der Nacht. – Da schlug draußen im Hofe der Hund an, und Franzi fuhr empor und riß ihre großen grauen Augen auf.

Nein, es war wieder still; aber von jenseit des Waldes kam jetzt mit dem Abendwind Musik herübergeweht.

»Laß doch«, sagte Richard, »das kommt nicht zu uns.«

Aber sie hatte sich vollends aufgerichtet und sah neugierig in die Abenddämmerung hinaus.

»Es ist nur eine Hochzeit, Franzi, sie werden mit der Aussteuer drüben am Waldesrand herumfahren.«

»Eine Hochzeit! Wer heiratet denn?«

»Wer? Ich glaube: des Bauervogts Tochter; ich weiß es nicht. Was kümmert es uns; wir kennen ja die Leute nicht.«

»Freilich.«

Sie standen jetzt beide am Fenster; er hatte den Arm um sie gelegt, sie lehnte den Kopf an seine Brust. Ein paarmal, aber immer schwächer, wehten noch die Töne zu ihnen her; dann wurde alles still, so still, daß er es hörte, wie ihr der Atem immer schwerer ging.

»Fehlt dir etwas, Franzi?« fragte er.

»Nein; was sollte mir fehlen?«

Er schwieg; aber sie drängte ihr Köpfchen fester an seine Brust. »Du!« sagte sie, als brächte sie es mühsam nur hervor.

»Ja, Franzi?«

»Du – warum heiraten wir uns nicht?«

Es durchfuhr ihn wie ein elektrischer Schlag; eine Kette qualvoller Erinnerungen tauchte in ihm auf; die Welt streckte ihre grobe Hand nach seinem Glücke aus.

»Wir, Franzi?« wiederholte er scheinbar ruhig. »Wozu? Was würde dadurch anders werden?«

»Freilich!« Sie sann einen Augenblick nach. »Aber wir lieben uns ja doch!«

»Ja, Franzi! Aber« – er blickte ihr tief in die Augen, und seine Stimme sank zu einem Flüstern, als wage er die Worte nicht laut werden zu lassen – »es könnte einmal ein Ende haben – plötzlich!«

Sie starrte ihn an. »Ein Ende? – Dann müßte ich wohl fort von hier!«

»Müssen, Franzi? Weh mir, wenn du es müßtest!«

Sie schwiegen beide.

»Wie alt bist du, Franzi?« begann er wieder.

»Du weißt es ja, ich werde achtzehn.«

»Ja, ja, ich weiß es, achtzehn; ich bin ein Menschenalter dir voraus. Über diesen Abgrund bist du zu mir hinübergeflogen, mußt du immer zu mir hinüber. – Es könnte ein Augenblick kommen, wo dir davor schauderte.«

»Was sprichst du da?« sagte sie. »Ich versteh das nicht.«

»Versteh es nimmer, Franzi!«

Aber während sie atemlos zu ihm emporblickte, zuckte es plötzlich um ihren jungen Mund; es war, als flöhe etwas in ihr Innerstes zurück.

Hatten seine Worte die Schärfe ihres Blickes geweckt, und sah sie, was ihr bisher entgangen war, einen Zug beginnenden Verfalls in seinem Antlitz? – Doch schon hatte sie sein Haupt zu sich herabgezogen und erstickte ihn fast mit ihren Küssen. Dann riß sie sich los und ging rasch hinaus.

Als sie fort war, machte er sich an seinem Schreibtische zu tun. Mit einem besonders künstlichen Schlüssel öffnete er ein Fach desselben, in welchem er seine Wertpapiere verwahrt hielt. Er nahm aus den verschiedenen Päckchen einzelne hervor, schlug einen weißen Bogen darum und setzte eine Schrift darauf. Als das geschehen war, nahm er einen zweiten, dem, womit er das Fach geöffnet hatte, völlig gleichen Schlüssel, paßte ihn in das Schlüsselloch und legte ihn dann neben die Papiere auf die Tischplatte.

Der Abend war schon so weit hereingebrochen, daß er alles fast im Dunkeln tat; über den Tannen drüben war schon der letzte Hauch des braunen Abenddufts verglommen.

Als Franziska nach einer Weile mit der brennenden Lampe hereingetreten war und schweigend das Zimmer wieder verlassen wollte, ergriff er ihre Hand und zog sie vor den Schreibtisch.

»Kennst du das, Franziska?« fragte er, indem er einige der Papiere vor ihr entfaltete.

Sie blickte scharf darauf hin. »Ich kenne es wohl«, erwiderte sie; »es ist so gut wie Geld.«

»Es sind Staatspapiere.«

»Ja, ich weiß; ich habe bei dem Magister einmal zu solchen ein Verzeichnis machen müssen.«

Er zeigte ihr ein Konvolut, worauf in frischer Schrift ihr Name stand, und nannte ihr den Betrag, der darin enthalten war. »Es ist dein Eigentum«, sagte er.

»Mein, das viele Geld?« Sie blickte mit scharfen Augen auf das verschlossene Päckchen.

»Versteh mich, Franzi«, begann er wieder; »schon jetzt ist es dein; am allermeisten aber« – und er verschlang die junge Gestalt mit seinen Blicken – »in dem Augenblicke, wo du selber nicht mehr mein bist. Du wirst dann völlig frei sein; du sollst es jetzt schon sein.«

Er sah sie an, als erwartete er von ihr eine Frage, eine Bitte um Erklärung; da sie aber schwieg, sagte er in einem Tone, der wie scherzend klingen sollte: »Da du jetzt eine Kapitalistin bist, so muß ich dir auch den nötigen Eigentumssinn einzupflanzen suchen.«

Und er nahm eine von den Zeitungen, die umherlagen, zog die Geliebte auf seinen Schoß und begann die Rubrik der Kurse mit ihr durchzugehen. Dann aber, als sie ihm aufmerksam zuzuhören schien, lachte er selbst über sein schulmeisterliches Bemühen. »Es ist spaßhaft! Du und Staatspapiere, Franzi! Du hast natürlich kein Wort von alledem verstanden!«

Aber sie lachte nicht mit ihm; sie war von seinem Schoße herabgeglitten und begann eingehende Fragen über das eben Gehörte an ihn zu richten.

Er sah sie verwundert an. »Du bist gefährlich klug, Franzi!« sagte er.

»Magst du lieber, daß ich's nicht verstehe, wenn du mich belehrst?«

»Nein, nein; wie sollte ich!« –

Sie wollte gehen, aber er rief sie zurück. »Vergiß den Schlüssel nicht!« Und indem er sie an den Schreibtisch führte, setzte er hinzu: »Dieses Fach enthält jetzt mein und auch dein Eigentum. Möge es nie getrennt werden!«

Sie hatte indessen eine Schnur von ihrem Halse genommen, woran sie eine kleine goldene Kapsel mit den Haaren einer frühverstorbenen Schwester auf der Brust trug, und war eben im Begriff, daneben auch den Schlüssel zu befestigen; aber ihre geschäftigen Hände wurden zurückgehalten.

»Nein, nein, Franzi«, sagte er. »Was beginnst du!« – Er hatte das Mädchen zu sich herangezogen und küßte sie mit Leidenschaft. – »Leg ihn fort, weit fort! zu deinen andern Dingen. Was denkst du denn! Soll ich den Kassenschlüssel an deinem Herzen finden?«

510

Sie wurde rot. »Was du auch gleich für Gedanken hast!« sagte sie und steckte den Schlüssel in die Tasche.

Es war in der ersten Hälfte des August. Schwül waren die Tage; trübselig in der Mauser saßen die Vögel im Walde, nur einzelne prüften schon das neue Federkleid zum weiten Abschiedsfluge; aber desto schöner waren die Nächte mit ihrer erquickenden Kühle. Draußen im Waldwasser, wo vordem die Iris blühten, wie auf dem Hofe in der Tiefe des offenen Brunnens spiegelten sich jetzt die schönsten Sterne; im Nordosten des nächtlichen Himmels ergoß die Milchstraße ihre breiten, leuchtenden Ströme.

Richard hatte während einiger Tage den nächsten Umkreis des Waldwinkels nicht verlassen; ein Körperleiden aus den Jahren seiner Kerkerhaft, die nicht nur im Kopfe des Winkeladvokaten spukte, war wieder aufgetaucht und hatte wie eine lähmende Hand sich auf ihn gelegt.

Jetzt saß er, die linde Nacht erwartend, auf einer Holzbank, welche draußen vor der Umfassungsmauer angebracht war; an seiner Seite lag sein löwengelber Hund. Stern um Stern brach über ihm aus der blauen Himmelsferne; er mußte plötzlich seines Jugendglücks gedenken. – Wo – was war Franziska zu jener Zeit gewesen? – Ein Nichts, ein schlafender Keim! – Wie lange hatte er schon gelebt! – – Die Talmulde entlang begann ein kühler Hauch zu wehen; er hätte wohl lieber nicht in der Abendluft dort sitzen sollen.

511   Da schlug der Hund an und richtete sich auf. Gegenüber aus den Tannen ließen sich Schritte vernehmen, und bald erschien die schlanke Gestalt eines Mannes, rasch auf dem Fußsteige hinabschreitend. »Ruhig, Leo!« sagte Richard, und der Hund legte sich gehorsam wieder an seine Seite.

Der Fremde war indessen näher gekommen, und Richard erkannte einen jungen Mann in herkömmlicher Jägertracht, mit dunklem krausem Haar und kecken Gesichtszügen; sehr weiße Zähne blinkten unter seinem spitzen Zwickelbärtchen, als er jetzt, leichthin die Mütze rückend, »guten Abend« bot.

»Sie wünschen etwas von mir?« sagte Richard, indem er sich erhob.

»Von Ihnen nicht, mein Herr; ich wünschte das junge Mädchen in Ihrem Hause zu sprechen.«

Es war eine Zuversichtlichkeit des Tons in diesen Worten, die Richard das Blut in Wallung brachte. »Und was wünschen Sie von ihr?« fragte er.

»Wir jungen Leute haben auf Sonntag einen Tanz im Städtchen drüben; ich bin gekommen, um sie dazu einzuladen.«

»Darf ich erfahren, wem sie diese Ehre danken sollte? Ihrer Sprache nach sind Sie nicht aus dieser Gegend.«

»Ganz recht«, erwiderte in seiner unbekümmerten Weise der andere; »ich verwalte nur während der Vakanz die erledigte Försterei der Herrschaft.«

»Aber Sie irren sich, Herr Förster; die junge Dame, die in meinem Hause lebt, besucht nicht solche Tänze.«

»Oh, mein Herr, es ist die anständigste Gesellschaft!«

»Ich zweifle nicht daran.«

Der andere schwieg einen Augenblick. »Ich möchte doch die junge Dame selber fragen!«

»Es wird nicht nötig sein.«

Richard wandte sich nach der Pforte. Da der Förster auf ihn zutrat, als wollte er ihn zurückhalten, streckte der Hund seinen mächtigen Nacken und knurrte ihn drohend an.

»Bemühen Sie sich nicht weiter, Herr Förster!« sagte Richard.

Ein scharfer Blitz fuhr aus den Augen des jungen Gesellen; er biß in seinen Zwickelbart; dann rückte er, wie zuvor, leichthin die Mütze und ging, ohne ein Wort zu sagen, den Fußsteig, den er gekommen war, zurück. Auf halbem Wege wandte er sich noch einmal und warf einen Blick nach den Fenstern des Waldwinkels; bald darauf verschwand er drüben in dem schwarzen Schatten der Tannen.

– Während der Hund, wie zur Wache, noch unbeweglich an dem Rand der Wiesenmulde stand, war Richard ins Haus zurückgegangen. Als er oben in das Wohnzimmer trat, sah er Franziska am Fenster stehen, die Stirn gegen eine der Glasscheiben gedrückt; ein Staubtuch, das sie vorher gebraucht haben mochte, hing von ihrer Hand herab.

»Franzi!« rief er.

Sie kehrte sich, wie erschrocken, zu ihm.

»Sahst du den jungen Menschen, Franzi?« fragte er wieder. »Es war derselbe, der uns in letzter Zeit ein paarmal im Oberwald begegnet ist.«

»Ja, ich bemerkte es wohl.«

»Hast du ihn sonst gesehen?« In Richards Stimme klang etwas, das sie früher nie darin gehört hatte.

Sie blickte ihn forschend an. »Ich?« sagte sie. »Wo sollte ich ihn sonst gesehen haben?«

»Nun – er war so gütig, dich zum Tanze zu laden.«

»Ach, Tanzen!« Und ein Blitz von heller Jugendlust schoß durch ihre grauen Augen.

Er sah sie fast erschrocken an. »Was meinst du, Franzi?« sagte er. »Ich habe ihn natürlich abgewiesen.«

»Abgewiesen!« wiederholte sie tonlos, und der Glanz in ihren Augen war plötzlich ganz erloschen.

»War das nicht recht, Franzi? Soll ich ihn zurückrufen?«

Aber sie winkte nur abwehrend mit der Hand. – Ohne ihn anzusehen, doch mit jenem scharfen Klang der Stimme, der sich zum erstenmal jetzt gegen ihn wandte, fragte sie nach einer Weile: »Hast du je getanzt, Richard?«

»Ich, Franzi? Warum fragst du so? – Ja, ich habe einst getanzt.«

»Nicht wahr, und es ist dir eine Lust gewesen?«

»Ja, Franzi«, sagte er zögernd, »ich glaube wohl, daß ich es gern getan.«

»Und jetzt«, fuhr sie in demselben Tone fort, »jetzt tanzest du nicht mehr?«

»Nein, Franzi; wie sollte ich? Das ist vorbei. – Aber du nimmst mich ja förmlich ins Verhör!« Er versuchte zu lächeln; aber als er sie anblickte, standen die grauen Augen so kalt ihm gegenüber. »Vorbei!« sagte er leise zu sich selber. »Der Schauder hat sie ergriffen; sie kommt nicht Mehr herüber.«

Er ließ es still geschehen, als sie nach einer Weile an seinem Halse hing und ihm eifrig ins Ohr flüsterte: »Vergib! Ich habe dumm gesprochen! Ich will ja gar nicht tanzen.«

Richards Unwohlsein hatte in einigen Wochen so zugenommen, daß er das Zimmer nicht verlassen konnte. Ein Arzt wurde nicht zugezogen, da ihm aus früheren Zufällen die Behandlung selbst geläufig war; sogar Frau Wiebs aus Wachs und Baumöl gekochte Salben wurden unerbittlich zurückgewiesen. Besser wußte Franziska es zu treffen. Sie saß neben seinem Lehnstuhl, wo er, an einem künstlich von ihr aufgebauten Pulte, einen Aufsatz über hier aufgefundene seltene Doldenpflanzen begonnen hatte; sie holte ihm die betreffenden Exemplare aus dem mit ihrer Hülfe angelegten Herbarium oder aus der Bibliothek die Bücher, deren er bedurfte; sie suchte darin die einschlagenden Stellen für ihn auf und las sie vor. »Wenn ich noch einmal Professor werde«, sagte er heiter, »welch einen Famulus besitz ich schon!« Aber sie war nicht nur sein Famulus, sie war auch das Weib, deren stille Nähe ihm wohltat, die schweigend seine Hand, wenn sie von der Arbeit ruhte, in die ihre nahm, die ihm die Polster und den Schemel rückte und ihm mit sanfter Stimme den Trost auf baldige Genesung zusprach.

Heute – es war am Nachmittag – hatte er sie fortgeschickt, um ein buntes Lippenblümchen aufzusuchen, das nach seiner Rechnung sich 514 jetzt erschlossen haben mußte; am Waldwasser, das sie beide zu allen Tageszeiten oft besucht hatten, standen hie und da die Pflänzchen. – Er selbst war in seinem Lehnsessel bei der begonnenen Arbeit zurückgeblieben; auf allen Stühlen um ihn her lagen Bücher und Blätter, von Franziskas Hand vor ihrem Weggange sorgsam nahe gerückt und geordnet. Eben hatte er eine ihrer Zeichnungen hervorgesucht, die nach seiner Absicht dem Aufsatze beigedruckt werden sollte; aber seine Gedanken gingen über das Blatt nach der Malerin selbst, die jetzt dort drüben der Wald vor ihm verbarg. Ihre hingehende Sorge an seinem Krankenstuhle wollte ihm auf einmal fast unheimlich scheinen; denn – er konnte es sich nicht verhehlen – Franzi hatte sich in der letzten Zeit ihm zu entziehen gesucht; sie war fast wieder scheu geworden wie ein Mädchen. Sollte dies demütige Dienen ein Ersatz sein? Es war etwas Müdes in ihrem ganzen Tun und Wesen.

Richard hatte den Kopf zurückgelehnt und blickte aus dem Fenster, in dessen Nähe seine Krankenstatt aufgeschlagen war. Durch die klare Luft flog eben ein Zug von Wandervögeln; als der verschwunden war, fielen seine Augen auf einen Vogelbeerbaum, der droben vor den Tannen an der Wiesenmulde stand; eine Schar von Drosseln tummelte sich flatternd und kreischend zwischen den schon roten Traubenbüscheln, die in dem scharfen Strahl der Nachmittagssonne aus dem Grün hervorleuchteten.

Fern aus dem Walde hallte ein Schuß.

›Bartholomäustag!‹ sagte Richard bei sich selbst. – ›Die Junker haben ihre Jagd eröffnet. – Wenn nur Franzi schon zurück wäre!‹

Eine ungeduldige Sehnsucht nach ihr ergriff ihn. Er hatte ihr etwas versagt, woran sie nur einmal und nie wieder erinnert hatte; aber es schien ihm plötzlich klargeworden, dies Versagen drückte sie. Wenn er nur erst gesund wäre! Sie konnten hier nicht ewig bleiben; auch er fühlte jetzt mitunter eine Beklommenheit in dieser Stille, einen Drang, an den Dingen da draußen wieder frischen Anteil zu nehmen. Dann, wenn sie unter Menschen lebten, mußte schon alles nachgeholt sein; was er ihr und sich selber einst entgegengesetzt hatte, er schalt es kranke Träume, die den Dünsten des öden Moors entstiegen seien. Nein, nein! Sein junges Weib zur Seite, wollte er wieder ins volle Leben hinaus; ein ganzer froher Mann, befreit von allem grauen Spinngewebe der Vergangenheit. »Franzi, süße Franzi!« rief er und streckte beide Arme nach ihr aus.

Aber sie kam noch nicht.

Er versuchte es, seine Arbeit wieder aufzunehmen, er blätterte in den umherliegenden Büchern, er schrieb eine Zeile, dann legte er die Feder wieder hin. – Von den Eichbäumen, die zu Westen der Umfassungsmauer standen, fielen die Schatten schon über den ganzen Hof; nur seitwärts durch die oberen Scheiben drang noch ein Sonnenstrahl ins Zimmer. Da sah er es drüben aus den Tannen schimmern; Franziska trat aus dem Dunkel und schritt langsam auf dem Fußsteige hin; ein paarmal blieb sie wie aufatmend stehen, während sie durch die Wiesenmulde heraufkam.

Als sie dann zu ihm ins Zimmer getreten war, legte sie einen Strauß von blauem Enzian und Heideblüten vor ihm hin; auch ein Stengel jenes Lippenblümchens war dabei, aber die Knospen waren noch nicht erschlossen; vergebens – so sagte sie – habe sie sich überall nach einer aufgeblühten Pflanze umgesehen; aber morgen oder übermorgen werde sie gewiß schon eine bringen können.

Ihre Augen glänzten, ihre Wangen waren heiß. Er ergriff ihre Hand und wollte sie an sich ziehen.

»Du hast wohl sehr weit umher gesucht?« sagte er.

Aber er fühlte ein leises Widerstreben. »Oh, ziemlich weit! Es war ein wenig feucht, ich muß die Schuhe wechseln.«

»So tu das erst, komm aber bald zurück! Ich habe fast um dich gesorgt.«

»Um mich? Das war nicht nötig.«

»Ja, Franzi, wenn man krank im Lehnstuhl sitzt! – Ich hörte schießen, drüben vom Waldwasser her. Hast du es nicht gehört?«

»Ich? Nein, ich hörte nichts.« Sie hatte im selben Augenblick den Kopf gewandt. »Ich komme gleich zurück«, sagte sie, ohne umzusehen, und ging rasch zur Tür hinaus.

Als sie gegangen war, kam der Hund herein, der es bald gelernt hatte, mit seiner breiten Pfote die Zimmertür zu öffnen. Er legte den Kopf auf seines Herrn Schoß und blickte ihn wie fragend mit den braunen Augen an. Richard ließ seine Hand liebkosend über den Rücken des schönen Tieres gleiten.

»Sei ruhig, Leo!« sagte er, »wir beide bleiben doch beisammen!« – Er teilte mit den Fingern das seidenweiche Haar unter dem Behang des Kopfes. »Laß sehen! Hast du denn die Narbe noch? – Das war ein wilder Strauß mit dem lombardischen Strauchdieb damals! So tolle Wege gehen wir nun nicht mehr! – Aber schön wird doch auch die neue Fahrt mit deiner jungen Herrin, wenn sie mit ihren lichten Falkenaugen in die vorüberfliegende Landschaft blickt, und du, mein Hund, voran in weiten Sprüngen, wie einstens, da wir noch allein die Welt durchstreiften! Denn hinaus wollen wir wieder weit hinaus, und du, mein Tier – gewiß, wir bleiben beieinander!«

Er hatte sich hinabgebeugt, aber Leo schloß wie beruhigt seine Augen, und nur die Fahne des mächtigen Schweifes bekundete in sanften Bewegungen die Zufriedenheit seines Innern. So saßen sie still beisammen, wie sie es sonst so oft getan, tags an der offenen Landstraße wie abends im behaglichen Quartier. Der reichbegabte Mann und die scheinbar so weit von ihm getrennte Kreatur – in diesem Augenblicke legte sich das Gefühl der gegenseitigen Treue wie erquickender Tau auf beider Haupt.

– – Richard war nicht dazu gekommen, Franzi seinen so freudig gefaßten Entschluß mitzuteilen; auch als sie bald darauf wieder eintrat, und selbst in den folgenden Tagen, gelangte er nicht dazu. – Franzi ging wiederholt in den Wald hinaus. Sie brachte ihm die erschlossene Blume, um deren willen sie zuerst hinausgegangen war; sie brachte auch andere, die zu seiner Arbeit in Beziehung standen; jedesmal hatte sie etwas Neues vorzulegen. In der Vase, welche auf dem Schreibtische stand, ordnete sie fast täglich einen neuen Strauß von Gräsern und wilden Blumen, zwischen denen jetzt auch schon Zweige mit roten und schwarzen Beeren glänzten.

Wenn sie ihn verlassen hatte, fühlte er eine Unruhe, die er sich selber zu gestehen schämte. Denn was konnte ihr geschehen hier im Walde! – Einen Schuß hatte er nicht wieder gehört; die Jagd mußte, wenn sie

517

überhaupt betrieben wurde, nach einem entfernteren Teile des Reviers verlegt sein.

Aber allmählich und immer rascher fühlte er sich genesen; bald ging er im Hause, bald mit Leo und Franzi auch schon draußen in der nächsten Umgebung desselben umher; mit vollen Zügen atmete er die klare, würzige Herbstluft. Und jetzt erfaßte ihn aufs neue eine Ungeduld, bevor noch hier die Blätter fielen, seine Pläne zu verwirklichen. Mit raschem Entschluß setzte er sich an den Schreibtisch und teilte seinem Freunde, dem Bürgermeister, seine Absicht nebst einer dessen Persönlichkeit entsprechenden Begründung mit, zugleich kündigte er seinen Besuch auf die nächsten Tage an. Neben ihm unter dem Briefbeschwerer lag die jüngst verfaßte Arbeit, in sauberer Reinschrift von Franziskas Hand und fertig zur Versendung an die Redaktion einer botanischen Zeitschrift. Alles sollte noch heute die Botenfrau zur Post bringen.

Als er die Abhandlung hervorzog, um sie einzusiegeln, kreuzte beim flüchtigen Einblick ein Gedanke seinen Kopf, der ihn antrieb, noch einmal ein in seiner Bibliothek befindliches Fachwerk nachzuschlagen.

Gleich nachdem er das Zimmer verlassen hatte, kam Franziska durch die Außentür herein. Als sie den offenen, frisch geschriebenen Brief auf dem Tische liegen sah, trat sie auf leisen Sohlen näher; vorsichtig reckte sie den Kopf, und ihre Augen flogen darüber hin, als wollten sie die Schrift einsaugen. Ein paar Sekunden stand sie noch, ihre Finger fuhren an die Zähne, ein heftiges Erschrecken lag auf ihrem Antlitz. Dann, als nebenan in der Bibliothek sich Schritte rührten, entfloh sie aus dem Zimmer, aus dem Hause und draußen über den Hof; an die Mauer gedrückt, lief sie in die Heide hinaus, die an der Rückseite des Gebäudes lag. Eine Weile saß sie hier zwischen dem Eichengebüsch auf dem Boden, die Hände um die Knie gefaltet; ihre Blicke flogen von den Wetterfahnen des Hauses, welche goldschimmernd in der Morgensonne aus dem Laub hervorragten, nach dem Wald hinüber und vom Walde zurück zu dem alten Gemäuer, das dort so friedlich in dem Grün der Bäume stand. Plötzlich sprang sie auf; die ganze schmächtige Gestalt bebte, aber ihre Augen blickten entschlossen nach dem Wald hinüber. Durch das Gebüsch der Heide lief sie seitwärts an der Wiesenmulde entlang. Als sie beim Zurückblicken das Haus nicht mehr gewahren konnte, ging sie durch die wuchernden Kräuter in dieselbe hinab und verschwand dann jenseits zwischen den Stämmen der Waldbäume.

– Als sie nach reichlich einer Stunde wieder ins Haus trat, schien jede Spur einer Aufregung aus ihrem Angesicht verschwunden.

»Bist du endlich da, Franzi?« sagte Richard, der ihr auf dem Flur entgegenkam; »ich suche dich seit einer Stunde.«

Franziska drückte ihm leicht die Hand. »Verzeih, daß ich dir's nicht sagte. Mir war der Kopf benommen, ich mußte einen Gang ins Freie machen.«

Er legte ihren Arm in seinen. »Komm!« sagte er und zog sie mit sich die Treppe hinauf nach dem Wohnzimmer. Hier faßte er sie an beiden Händen und blickte sie lang und liebevoll mit seinen ernsten Augen an.

Sie senkte den Kopf ein wenig und fragte: »Was hast du, Richard? Du bist so feierlich.«

»Franzi«, sagte er, »gedenkst du wohl noch der Hochzeitsmusik, die abends vom Waldesrand zu uns herüberwehte?«

Sie nickte, ohne aufzusehen.

»Und jener Worte, die ich damals zu dir sprach? – Ich war ein Tor, Franzi; die ungewohnte Einsamkeit hatte mir den Mut gelähmt. Doch jetzt bin ich ein eigensüchtiger Mensch; ich kann nicht anders, ich muß dich halten, unauflöslich fest, auch wenn du gehen wolltest! Ich ertrag's nicht länger, daß du frei bist. – Das ist Selbsterhaltung, Franzi, ich kann nicht leben ohne dich.«

Immer inniger ruhten seine Augen auf ihr, immer mehr hatte er sie an sich gezogen.

Bebend hing sie in seinen Armen. »Wann«, sagte sie, »wann denkst du, daß es sein sollte?«

»Macht's dich beklommen, Franzi?« – Er legte seine Hand auf ihre dicke seidene Flechte und drückte ihren Kopf zurück, daß er ihr Antlitz sehen konnte. »Ich hab dich überrascht, besinne dich! – Wir brauchen keine Hochzeitsmusik; in dieser Stille, wo du mein geworden bist, mag auch die Außenwelt ihr Recht bekommen. Die alte gute Wieb, ihr Freund, der Inspektor; wir brauchen keine andern Zeugen! Und übermorgen reise ich zu deinem Vormund, zu unserem Freund, dem Bürgermeister; die paar Tage noch bist du Strohwitwe; dann, Franzi, dann verlassen wir uns nicht mehr.« Er schwieg.

Sie öffnete die Lippen; aber es war, als wenn die Worte nicht hinüber wollten. »Und wann«, sagte sie endlich, »wirst du wiederkommen?«

»Am Sonnabend reise ich; am Dienstag bin ich wieder da. Dann hoff ich alles mitzubringen: die nötigen Scheine, die Lizenz, das Hochzeitskleid. – – Ja, Franzi, die Tage deiner Freiheit sind gezählt! Du wirst mir doch indes nicht etwa fortgeflogen sein?«

Mit dem glücklichsten Lächeln blickte er sie an. »Und nun geh, mein geliebtes Weib! Ich hab noch mancherlei für uns zu ordnen.«

Die letzte Nacht vor der Abreise war gekommen. – Die drei Bewohner des Waldwinkels befanden sich in ihren Schlafgemächern; Leo, der treue Wächter, lag, wie stets um diese Zeit, unten im Flur quer vor der Haustür hingestreckt.

Im Hause war alles still, wenn nicht mitunter ein Husten der alten Frau Wieb aus deren Gardinenbett hervorbebte oder droben im Wohnzimmer der Uhrenkuckuck von Stunde zu Stunde die Stationen der Nacht in die schweigenden Räume hinausrief. – Draußen aber wühlte der Wind in den Bäumen; die Wetterfahnen kreischten auf dem Dache, und allerlei Stimmen schwebten, wenn der Sturm zu neuem Zuge den Atem anhielt, aus dem Walde herüber.

– – Horch! Klang da nicht ein Fenster? Das einzige an der Westseite des Hauses, wo die Eichenzweige die Mauer fast berühren?

Nein, nur in den Lüften brauste es stärker; es schien sich weiter nichts zu rühren; die alte Frau Wieb hustete; oben rief der Kuckuck: eins! – Die Nacht rückte weiter; nichts, was nicht sonst auch da war, ließ sich hören. Die wenigen Sterne, die durch die vorüberjagenden Wolken blinkten, erblichen nach und nach.

– – In der ersten Dämmerung stand Franziska vor Richards Bette. Er schlief noch; sie kniete nieder und küßte seine Hand, die über den Rand des Bettes herabhing; und als er die Augen aufschlug, sagte sie: »Du mußt aufstehen, Richard; der Wagen wird bald da sein!«

»Franzi!« rief er, die Augen zu ihr aufschlagend, und nach einer Weile, da der Nebel des Schlafs von seiner Stirn gewichen war, setzte er hinzu: »Hast du den Eulenschrei gehört, heut nacht? Auf der Uhr drinnen rief es just zu eins.«

Sie zuckte leise in den Schultern. »Das hören wir ja jede Nacht«, sagte sie leise.

»Nein, nein, Franzi; es war nicht der Waldkauz, den wir hierherum haben; es klang ganz anders, seltsam! Ich zweifelte zuerst, ob's auch nur einer seiner Vettern sei; drunten vom Flur herauf hörte ich, wie Leo sich aufrichtete und einige Male hin und wider ging.«

»Ich hab es nicht bemerkt«, sagte sie leise.

»Dann hast du fest geschlafen, Franzi; denn das Tier muß in einem der nächsten Bäume hier gesessen haben.«

Sie saßen noch beim Frühstück miteinander, aber Franzi brachte kaum ein Krümchen über ihre Lippen. Dann stieg er in den Wagen. »Vergiß es nicht; drei Tage!« rief er ihr noch zurück, und fort rollte das Gefährte über die Heide; mit lautem Bellen sprang der Hund voraus.

Lange stand sie und blickte mit unbeweglichen Augen hinterher, bis nur noch die dunkle Linie des Steppenzuges sich am Horizonte abhob.

Am Nachmittag trat Richard zu seinem Freunde, dem Bürgermeister, in das Zimmer.

»Nun, Waldmensch!« rief dieser, ihm drohend die kleine runde Hand entgegenschüttelnd, »was treibst du denn für Streiche?«

»Du hast also meinen Brief erhalten?«

»Freilich! Wie du einen alterieren kannst! Es sind natürlich lauter Scherze!«

»Ich bin in vollem Ernst zu dir gekommen.«

»Höchst merkwürdig!« sagte der Bürgermeister; »romantisch, ganz romantisch! – Ich wette, du weißt noch nicht einmal, wer Vater und Mutter zu dem Mädchen gewesen sind.«

»Was geht das mich an!«

»Nun, nun; du brauchst aber doch einen Taufschein –«

»Ich brauche noch mehr, Fritz! Vielleicht gar deine obervormundschaftliche Hülfe, wenn der wackere Schuster seine Mündel etwa wieder bei einem reichen Bäcker sollte in Versorgung geben wollen.«

»Meine Hülfe, Richard? Nein, nein; wo denkst du hin? Das ginge denn doch gegen mein Gewissen.«

Richard lächelte. »Aber du bist ja nicht mein Obervormund; ist dir der Mann nicht gut genug für deine Mündel?«

»Bei Gott, du hast recht, Richard! Mir war in diesem Augenblick, als seist du noch mein Leibfuchs. Da werd ich freilich nichts dagegen machen können.« Der Bürgermeister hatte seine goldene Brille von der Nase genommen, putzte die Gläser mit seinem gelbseidenen Schnupftuche und sah dabei den Freund kopfschüttelnd aus seinen kleinen Augen an. »Hm, solch ein Schwärmer!« sagte er; »es ist doch seltsam, daß euere Sorte immer – –«

Aber Richard ergriff den kleinen guten Mann bei beiden Händen. »Du disputierst sie mir nicht ab«, sagte er innig. »Laß gut sein, Fritz; sprich lieber, wie steht es mit dem Herrn Magister?«

»Er sitzt!« erwiderte der Bürgermeister mit einem höchst fröhlichen Erwachen seiner Stimme.

»Aber sein Prozeß?«

»Still; weck ihn nicht! Der schläft.«

»Und Franziska?«

»Wird nicht mehr beunruhigt werden. Die Akten sind eingesandt; das Urteil kommt schon zu seiner Zeit.«

»Nun, Fritz, so hilf mir und laß uns alles rasch besorgen!«

– – Und alles wurde besorgt; schon am nächsten Vormittage hatte Richard die Lizenz und alle nötigen Scheine in seinen Händen. Es war sein Plan gewesen, die Reise noch auf jene Großstadt auszudehnen; aber wieder befiel ihn eine fast angstvolle Sehnsucht und trieb ihn nach dem Wald zurück; die beabsichtigten Einkäufe ließen sich ja auch am besten in Gemeinschaft mit Franziska machen.

So befahl er denn die Heimkehr.

»Frisch zu, Kutscher«, sagte er; »es gilt ein doppeltes Trinkgeld.« Der Kutscher brauchte seine Peitsche; noch am Nachmittag erreichten sie das Dorf; aber auf dem holperigen Steinpflaster lief ein Rad von der Achse, und zur Ausbesserung bedurfte es einer halbstündigen Arbeit in der Dorfschmiede. Richard, von Leo begleitet, war nach dem Krug hinübergegangen. Bei seinem Eintritt in die Außendiele stieß der Hund ein dumpfes Knurren aus, und in demselben Augenblick ging der junge Förster, der eben aus der Gaststube trat, ohne Gruß an ihm vorüber aus der Haustür; nur ein flüchtiger Blick der blanken Augen hatte ihn gestreift.

Richard blieb unwillkürlich stehen. Als er durch die offene Haustür wahrnahm, daß der andere den Hof verlassen hatte, ging auch er wieder hinaus und sah ihn eilig auf dem nach Norden führenden Landwege dahinschreiten. Der Mensch war ihm verhaßt; er wußte selber kaum, weshalb er hier am Wege stand, ihm nachzublicken.

Er wandte sich rasch wieder nach dem Hause. Dort hörte er von der Gaststube aus lebhaftes und vielstimmiges Gespräch, wovon er bei seiner ersten Einkehr nichts bemerkt hatte. Als er mit seinem Hunde eintrat, fand er viele Gäste an den Tischen sitzen, denn es war Sonntagnachmittag. Aber das Gespräch verstummte plötzlich; statt dessen kam der Wirt ihm entgegen und erkundigte sich geflissentlich nach seiner Reiseungelegenheit. Von einem der Tische her hörte er noch den Namen des Försters, den er zufällig erfahren hatte; doch der Sprecher erhielt von seinem Nachbar einen Stoß mit dem Ellenbogen, und allmählich kam wieder ein lautes Gespräch in Gang, wie es die Bauern über Ernte und Fruchtpreise um solche Jahreszeit zu führen pflegen.

Endlich war die Achse hergestellt, und der Wagen rollte fort. Richard saß in sich versunken; eine unklare, unbehagliche Stimmung hatte ihn ergriffen; er konnte sich nicht freuen auf die Heimkehr, formlose gespenstische Gebilde aus irgendeinem fernen grauen Nebel drangen auf ihn ein. Wenn er nur erst da wäre, nur erst Franziskas Antlitz wiedersähe!

Und weiter ging es, und immer näher kam er zu den Wäldern. Schon rumpelte der Wagen zwischen dem Eichenbusch über den harten Heideboden, und endlich stieg das Dach des Hauses vor ihm auf, und er sah die Wetterfahnen in der Abendsonne schimmern.

Aber dort, was seitwärts aus dem Schatten des Waldes trat, das war sie ja selbst; ihr helles Kleid, ihr Strohhütchen, ganz deutlich hatte er es erkannt. Sie schien den Wagen nicht bemerkt zu haben, denn sie schlug die Richtung nach dem Hause ein; aber er beugte sich vor und rief über die Heide: »Franzi! Franzi!« – Da blieb sie stehen, und als er noch einmal gerufen hatte, wandte sie sich und kam langsam näher. Endlich konnte er ihr Antlitz sehen; die Augen standen so groß und dunkel über den blassen Wangen; er meinte sie noch niemals so gesehen zu haben. Bevor der Wagen hielt, war er schon hinabgesprungen und schloß sie in die Arme. »Gott sei gedankt!« rief er und atmete auf, als fiele eine Bergeslast von seiner Brust; »mir war, als könnt ich dich verloren haben!«

Sie sagte nur: »Was du für Träume hast!«

Aber während ihr Kopf an seinem Herzen lag, waren ihre Augen auf den an ihrer Seite stehenden Hund gefallen. Der hatte die Nase nach dem Walde ausgestreckt, der Richtung nach, in welcher Franzi ihn soeben verlassen hatte, und schnoberte immer heftiger in der Luft umher. Fast mechanisch griff ihre kleine Hand in das metallene Halsband des Tieres. »Laß uns heim, Richard«, sagte sie hastig; »und halte den Hund, damit er nicht wie neulich nach den Rehen jagt.«

524

Er sah nicht hin, er hatte nur Augen für die junge Gestalt, die er in seinen Armen hielt, die er wie ein Kind jetzt in den Wagen hob. Dann pfiff er seinem Hunde, und bald hatten sie die kurze Strecke bis zum Hause zurückgelegt.

Er fand dort alles in gewohnter Ordnung; die alte Wieb trat im saubersten Sonntagsanzug ihm entgegen, voll Freude über seine unerwartet schnelle Heimkehr. Aber er sagte ihr, daß der Wagen schon auf morgen wieder bestellt sei, daß er in der großen Stadt zu tun habe und daß Franziska mit ihm reisen werde. Und dieser flüsterte er zu: »Du bist es doch zufrieden, Franzi? Wir gehen wieder zu der entzückten Ladendame; kleine seidene Stiefelchen soll sie dir anmessen! Du sollst dir alles selber aussuchen – doch nein! Du bist zu anspruchslos, du würdest doch nur Kleider für dich kaufen. – Ich aber – in weißen Duft will ich dich hüllen, so leicht wie ein Nichts, so zart, daß auch eine Wolke davon das Leuchten einer Rose nicht verbergen könnte.«

Er sah es nicht, wie sie die weißen Zähnchen aufeinanderbiß und wie ihre Lippen zitterten.

525 »Nun, Franzi?« fuhr er fort, »was meinst du, bist du es zufrieden?«

Sie zog schweigend seine Hand an ihre Lippen; dann sagte sie mit jenem scharfen Klang der Stimme: »Ich meine, daß du wieder einmal verschwenden willst und daß du dich täuschest über mich arme Dirne, die ich bin.«

»Und ich meine, daß jetzt du die Törin bist.«

Der Abend kam. Richard hatte wie gewöhnlich das äußere Bohlentor und die Haustür abgeschlossen; vor der letzteren auf dem Hausflur lag der Hund, der große Schlüssel zu dem ersteren hing an dem Türpfosten in seinem Schlafgemache. Dann legte er sanft den Arm um Franzis Leib, die müßig am Fenster des Wohnzimmers stand und nach dem dunkeln Wald hinüberschaute, und führte sie durch die Bibliothek bis an die Schwelle ihrer Kammer. Sie war ihm wieder wie eine unberührte Braut, er überschritt die Schwelle nicht. »Schlafe süß, meine Franzi!« sagte er. »Mir ist auf einmal wieder, als stünde das Glück mir noch in ungewisser Ferne.«

Sie hatte schon die Tür geöffnet; da riß er sie noch einmal an sich. »Gute Nacht, gute Nacht, Franzi!«

Dann war sie fort; nur ihre kleinen, leichten Schritte hörte er noch hinter der geschlossenen Tür.

Langsam ging er durch das Wohnzimmer. Im Vorübergehen hob er die brennende Kerze, welche er dort vom Tisch genommen hatte, gegen das alte Türbild und warf einen flüchtigen Blick darauf; dann trat er in sein Schlafgemach.

Und bald, nach den Ermüdungen dieser letzten Tage, lag er in festen Schlaf gesunken. Weder das Rauschen der Wälder draußen in der dunkeln Herbstnacht noch der Zeitruf des kleinen Kunstvogels aus der nebenan liegenden Stube drang in die Tiefe seines Schlummers. Schon war die höchste Stufe der Nacht erklommen; zwölfmal hatte es drüben von der Uhr gerufen; er schlief traumlos weiter, und weiter rückte die Nacht. Eins rief es von der Uhr; – dann zwei; – dann drei! Da kamen die Träume; und was am Tage nur wie beängstigender Nebel vor seinem Blick geschwommen, jetzt wurde es zu farbigen Gestalten, von grellem oder fahlem Licht beleuchtet, das keiner Zeit des Tages angehörte. – 526
Wie bleich ihm Franzi in den Armen hing! Und seltsam, immer wollten ihre Augen ihn nicht ansehen! Aber dort hinter den Bäumen stand der Jäger. – – Stöhnend warf er sich umher auf seinem Lager; aus seinem Munde brachen heftige, zusammenhanglose Laute. Plötzlich fuhr er empor und saß aufgerichtet in den Kissen, der Nachhall irgendeines Schalles lag in seinen Ohren; und jetzt schon wußte er es, vom Hofe drunten mußte es gekommen sein. Im selben Augenblicke stand er auch am Fenster, kaum die erste graue Dämmerung war angebrochen; aber dennoch sah er es, wie eben das schwere Hoftor zuschlug. Wie noch im Traume hatte er eine seiner beiden Pistolen von der Wand gerissen; eine Fensterscheibe klirrte, und klatschend fuhr die Kugel drunten in das Bohlentor.

Dann blieb alles still. Er riß die andere Pistole von der Wand, und ohne Kleidung, im nackten Hemde, stürzte er aus dem Zimmer; im Hinausgehen griff er nach dem Haken an der Tür, aber der Schlüssel fehlte.

»Leo, Leo!« rief er auf der Treppe draußen. »Mein Hund, wo bist du?« – Nichts regte sich. Noch einmal rief er und stieg dann in den noch dunkeln Hausflur hinab.

Da wurden seine Füße durch etwas aufgehalten, was nicht weichen wollte; als er sich bückte, fuhr seine Hand über langes seidenweiches Haar. – Er stieß einen lauten Schrei aus. Noch einmal bückte er sich; dann rannte er – er wußte selbst nicht weshalb – in die Kammer seiner alten Dienerin; aber die taube alte Frau lag ruhig atmend in ihrem

Bette; er nahm das auf dem Tische stehende Licht, zündete es an und trat wieder auf den Flur hinaus. Da lag sein Hund, die Beine steif gestreckt, die braunen Augensterne groß und offen. Er warf sich nieder und leuchtete mit der Kerze dicht hinan; ein bläulicher Flor schien den Glanz der Augen zu bedecken; kalt und wie in stummer Klage starrten sie ihn an. – – Auf einmal war ihm, als würden die Mauern durchsichtig, als sähe er zwei jugendliche Gestalten über die Heide fliehen und im brennenden Morgenschein verschwinden.

Er sprang auf und stand im nächsten Augenblicke in Franziskas Kammer. – Sie war leer, das Bett nur leicht berührt; man sah, sie hatte nur zu flüchtiger Rast sich auf die Decke hingestreckt; das Kissen zeigte noch den Eindruck, wo sie ihren Arm gestützt hatte. Er hätte es nicht lassen können, er legte seine Hand hinein, als liebkoste er noch diese letzte Spur ihres Lebens. Da klirrte durch eine zufällige Berührung die Waffe in seiner andern Hand, und jäh schoß ein neuer Gedankenstrom durch seinen Kopf. Schon war er draußen auf der Treppe; aber er kam nicht weiter. – Was wollte er denn noch? – Schon einmal waren seine Hände rot geworden. Langsam stieg er die Treppe hinauf nach seiner Schlafkammer; er hängte die Schußwaffe an ihren Platz; dann kleidete er sich völlig an. Als er fertig war, trat er in das Wohnzimmer, zog die Vorhänge der Fenster auf und öffnete dann mit seinem Schlüssel das Fach des Schreibtisches, worin die Wertpapiere ihren Platz hatten.

Er wußte vorher schon, was er finden würde. Was ihm gehörte, lag unberührt; das Päckchen mit Franziskas Namen war verschwunden. – Eine Weile suchte er noch nach einem Zettelchen von ihrer Hand, einem Wort des Abschieds oder was es immer sei; er räumte das ganze Fach aus, aber es fand sich nichts.

Durch die Fenster brach der erste Morgenschein und ließ das alte Türbild aus der Dämmerung hervortreten. Als er zufällig den Blick dahin warf, überkam ihn ein wunderlicher Sinnentrug; der einsame Alte dort am Wege hatte ja den Kopf gewandt und sah ihn an.

Die Sonne stieg höher, an den Tapeten leuchteten die Blumen der Vergessenheit. Richard hatte die Augen noch immer nach dem Bilde. Es war sein eigenes Angesicht, in das er blickte.

Der Oktober war ins Land gekommen. Im Kruge zu Föhrenschwarzeck saßen eines Nachmittags der Wirt und der kleine Krämer aus der Stadt

sich gegenüber. Der ganze Tisch war voll von Kreidezahlen; sie hatten
wieder einmal Quartalstag gehalten, das Fazit war gezogen und geneh-
migt worden; die noch übrige Zeit gehörte vergnüglicheren Gesprächen,
und sie waren auch schon in vollem Gange.

Kasper-Ohm begann soeben von dem Boden der gemeinen Wirklichkeit emporzusteigen. »Ihr mögt mir's glauben«, sagte er geheimnisvoll,
»es ist sein eigen Blut gewesen; freilich hat er's nicht Wort haben wollen,
denn sie ist auf den Namen Fedders getauft und bei einem Magister
aufgezogen worden; sogar einen eigenen Vormund hat er ihr von Ge-
richts wegen setzen lassen!«

»Kasper-Ohm!« sagte der kleine Krämer, »Ihr seid wieder einmal bei
Eurem Advokaten in der Stadt gewesen!«

»Nun, nun, Pfeffers, glaubt's oder glaubt's nicht! Der Vormund ist
selbst bei mir eingekehrt gewesen; da, wo Ihr jetzt sitzt, hat er gesessen
und seinen Schnaps getrunken; sie haben's drüben im Narrenkasten
eben mitsammen fertig gehabt, daß das arme Kind einen reichen
Bäckermeister freien sollte, so einen alten wurmstichigen Mehlkneter;
denn sie ist was wild gewesen, und die alte Waisenwieb hat nicht recht
mehr mit ihr hausen können. – Nun, Pfeffers, was soll man dazu sagen,
daß sie lieber mit dem schwarzen Krauskopf – –« Er nickte dem Krämer
zu und blies bedeutsam durch seine ausgespreizten Finger.

»Das ist eine gewaltige Geschichte, die Ihr da erzählt, Kasper-Ohm«,
meinte der andre, »und stimmt nicht ganz mit dem Kalender; denn
der Doktor ist bei der Geburt des Mädels ja schon drei Jahr außer
Landes gewesen! Aber laßt uns einmal anstoßen, und freut Euch, daß
der Krauskopf Eure Ann-Margret nicht auch noch mitgenommen hat;
denn er sah mir just nicht aus, als wenn er lange mit einer einzigen
zufrieden wäre.«

Kasper-Ohm lachte und blickte durch die Fensterscheiben. »Da
kommt auch der Inspektor!« sagte er.

Der Genannte war eben in Begleitung seines Pudels unter der alten
Eiche durchgegangen, in deren Wipfel jetzt das leere Nest zwischen
den schon gelichteten Zweigen sichtbar war.

Der Wirt empfing ihn an der Stubentür. »Nun, Herr Inspektor«, rief
er munter, »alles wieder auf dem alten Stand?«

»Ausgekehrt und abgeschlossen!« erwiderte der Alte, indem er den
großen Schlüssel zum Außentor des Waldwinkels auf den Tisch und
sich selbst auf einen Stuhl warf. »Gestern ging das letzte Fuder nach

der Stadt, um dort unterm Hammer weggeschlagen zu werden; all das schöne Ingut! Die alte Lewerenz bekommt das ganze Geld dafür.«

»Und der Herr Doktor?« fragte der Wirt. »Wo ist denn der geblieben?«

»Weiß nicht«, sagte der Alte, »kümmert mich auch nicht; fort – in die weite Welt.«

Der kleine Pfeffers nahm den Schlüssel von der Tischplatte und hielt ihn über den Köpfen der beiden andern: »Wer bietet auf den ›Narrenkasten‹? – Nummer eins: der alte Herr; Nummer zwei: der Herr Botanikus; – wer bietet zum dritten auf den ›Narrenkasten‹?«

»Laßt die Possen, Pfeffers!« sagte der Alte und nahm ihm den Schlüssel aus der Hand. »Mir tut's nur leid um den Löwengelben; ich sag Euch, es war ein Kapitalvieh; er ging noch über meinen Phylax.«

Beim Vetter Christian

Mein Vetter Christian hatte wirklich schon mit zwanzig Jahren seine schönen blauen Augen; und doch behaupteten die Mädchen, Hand aufs Herz, daß sie ihnen völlig ungefährlich seien. Das aber kam daher, weil derzeit, was allerdings in solchem Alter selten vorkommt, die Elektrizität derselben noch gebunden war; und die Ursache hiervon lag wiederum darin, daß nach des Vaters frühem Tode der Vetter zwischen zwei so überwiegend energischen Frauennaturen aufgewachsen und nach kurzen und fleißig benutzten Universitätsjahren wieder in ihre Obhut zurückgekehrt war.

Die eine derselben, seine Mutter – Gott habe sie selig! –, meine gute Tante Jette, hat auch mich als Knaben einmal unter ihrer rührigen Hand gehabt, als Christian und ich uns von ihren großen Schattenmorellen eine Limonade gegen den heißen Sommerdurst bereitet hatten; der andern verstand ich kunstvoll aus dem Wege zu gehen. Es war dies »die alte Karoline«, welche in schon betagter Jungfräulichkeit als Kindsmagd bei dem kleinen Christian ihren Dienst im Hause angetreten, sich hier nach unbekannt gebliebenen sonstigen Versuchen noch zweimal, wiewohl ohne den gewöhnlich dabei beabsichtigten Erfolg, verlobt hatte und schließlich, nach des Hausherrn Tode, als Magd für alles in der Familie hängengeblieben war. Die Auflösung jener Verlöbnisse sollte lediglich durch die allzu große Tüchtigkeit der Braut herbeigeführt sein, wovor, trotz des annehmlichen und bekannten Barvermögens derselben, sowohl der letzte als der vorletzte Bräutigam zurückgeschreckt waren, welche aber demnächst bei ihrer Herrin eine desto dauerhaftere 355 und erhebendere Anerkennung gefunden hatte.

Meine Tante Jette besaß nach ihres Mannes Tode nur ein schmales Einkommen, aber ein großes Haus. Sie hätte leicht von den leerstehenden Zimmern vermieten können; allein sie gehörte zu den alten Geschlechtern; das ging denn doch nicht wohl. Zum Glück wurde Christian als Kollaborator an unserer Gelehrtenschule angestellt und bezog nun die oberen Zimmer, welche einst von seinem Vater bewohnt gewesen waren. Im übrigen blieb der Hausstand unverändert; Karoline wollte lieber auch für ihren Doktor die Arbeit mittun, als noch so ein junges, flusiges Ding neben sich herumdammeln sehen.

Allein bald nach dem Amtsantritt ihres Sohnes begann Tante Jette zu kränkeln und konnte es sich endlich nicht mehr verhehlen, daß sie das rüstige Leben, das lustige Scheuern und Polieren, das Kochen und Einmachen mit der für sie in keiner Weise passenden ewigen Ruhe werde zu vertauschen haben. Als resolute Frau tat sie indessen auch hier, was not war. Täglich gab sie jetzt ihrem Kollaborator eine Unterrichtsstunde in der praktischen Weisheit ihres Lebens, und der getreue Sohn, wenn er danach in sein Studierzimmer getreten war, unterließ nicht, diese letzten mütterlichen Ratschläge in sauberer Reinschrift zu Papier zu bringen, bis er bemerkte, daß der Zyklus geschlossen und er nach dem Ende wieder in den Anfang hineinzugeraten beginne. Am letzten Tage vor ihrem Ende aber fügte Tante Jette ihren Vorträgen noch gleichsam einen Epilog hinzu. »Und, Christian«, sagte sie und legte alle noch übrige Kraft in ihre Stimme, »daß du mir die alte Karoline nicht von dir lässest! Die Leute sagen zwar, sie sei ein Drache; mir aber, wenn es doch einmal auf einen Vergleich hinaus soll, scheint sie, mit ihren runden Augen in dem breiten Kopfe und den Borstenhärchen unter der krummen Nase, mehr einem alten Schuhu ähnlich zu sein; und du weißt es, daß dieser Vogel in dem Haushalt der Natur eine nicht geringe Stelle einnimmt.«

Und als der Vetter sie zwar ehrerbietig, aber doch mit etwas zweifelhaften Augen anblickte, setzte sie hinzu: »Nein, nein, Christian; glaub mir's, du brauchst eine, die dir die Mäuse wegfängt; und die alte Karoline wird das schon besorgen.«

– – So war denn die Alte auch nach der Mutter Tode im Hause verblieben und ihr junger Herr befand sich leidlich wohl dabei. Denn in der Tat – wovon er freilich keine Ahnung hatte – sie prachelte mit Hökern und Gemüseweibern um den letzten Dreiling, sie wußte verschämte Bettler und unverschämte in Wein reisende Juden schon auf dem Hausflur abzufangen; die Bauern, die zur Stadt kamen und die Städter mit ihrem Torf betrogen, fürchteten die Alte mehr als ihren Landvogt.

Zwar wenn der Doktor, was ihm wohl geschehen konnte, sich auf seinem Spaziergang nach der Klasse über die Mittagszeit hinaus verspätet hatte, so wurden wohl die Stubentüren etwas härter als nötig zugeschlagen; auch flog wohl einmal nach der Suppe der Bratenteller auf den Tisch, als sei es Trumpf-As, das die alte Karoline vor ihm ausspielte; aber der Vetter hörte das so wenig, wie der Mietsmann eines Bäckers das Geklapper der Beutelmaschine; er befand sich im Geiste vielleicht eben auf dem Markte zu Athen und lauschte der donnernden Philippika des jungen Demosthenes, gegen den offenbar die alte Karoline nicht in Betracht kommen konnte.

Da, nach Verlauf einiger Jahre, geschah es, daß dem Doktor zweierlei in den Schoß fiel: das Subrektorat seiner Gelehrtenschule und eine Erbschaft von einer seiner vielen Tanten. Hatte er, dank seinem Hausdrachen, schon vorher ein hübsches Sümmchen von seinen Einkünften zurücklegen müssen, so wußte er jetzt vollends nicht mehr, wohin damit. Das machte ihn unruhig. Er ging in seinem großen Hause umher: unten in das Wohnzimmer, wo Tisch und Stühle, die Bilder an der Wand, alles noch so war wie zu Lebzeiten der Mutter; in die danebenliegenden Räume, die seit des Vaters Tode unbenutzt gestanden, in das Eßzimmer, dann in das kleinere Spielzimmer. Das Bild seines Vaters, des milden braunlockigen Mannes, war ihm mit einem Mal so gegenwärtig; dabei sah er sich selbst als Knaben, im grauen Habit mit runden Perlmutter- knöpfchen; er half seinem Vater den Tabak für die Gäste mischen und rote und grüne Federposen auf die Kalkpfeifen setzen, wobei oft eine linde Hand liebkosend über seine Haare strich. – Ihn überfiel, und stärker mit jedem Mal, daß er hier verweilte, eine Sehnsucht, diese Räume aufs neue zu beleben, wenn auch die Toten nicht mehr zu erwecken seien. Die Sippschaft in der Stadt war noch so groß; fast jede Woche mußte er zu irgend einer Familiengesellschaft, war es nun in den Häusern der Verwandten oder sommers in deren Gärten vor der Stadt. Wie hübsch mußte es sein, wie einst sein Vater es getan, sie alle auch nun seinerseits im eigenen Hause zu bewirten! Indessen – das war sonnenklar – die alte Karoline allein vermochte das doch nicht zu leisten.

Der Vetter resolvierte sich kurz und ging zu der Großtante, der alten Frau Bürgermeisterin; und diese, nachdem er seine Sache vorgetragen, empfahl ihm zuerst eine Witwe, die eben ihren dritten Mann begraben, und dann eine reife Jungfrau, welcher – es war himmelschreiende Sünde – die Vorsteher schon wieder den Platz im St.-Jürgens-Stifte abgeschlagen hatten. Da der Vetter jedoch bedachte, daß es in seinem Hause eigentlich an einer Karoline genug sei, so beschloß er, zuvor noch die Meinung seines Onkels, des Senators, einzuholen.

Und in der Tat: der Onkel wußte Besseres zu raten.

»Ich empfehle dir«, sagte er, »mein Patchen, die kleine Julie Hennefeder; ihr Vater – du weißt, unser alter Kontorist – war so etwas von
einem Tausendkünstler, er war der ›Hans Michel in de Lämmer-Läm-
merstraat‹; er konnte machen, was er sah, ein ›Fleuteken‹ so gut wie
einen ›Napoleon‹, und trotzdem blieb er hintenum in seiner Lämmer-
straße sitzen. Die Witwe hat es knapp, und ich weiß, daß sie sich schon
nach einem soliden Platz für ihre Tochter umgesehen hat. Das wäre ja
denn so bei dir, Christian! Übrigens, das Mädchen sieht keineswegs
aus, als wenn ihr Familienname für sie erfunden wäre; im Gegenteil,
sie ist ein schmuckes, voll ausgewachsenes Menschenkind und soll

überdies so manches von der Kunstfertigkeit ihres Vaters ererbt haben,
was sich auch besser für ein Hausfrauchen als für einen alten Kontoristen schicken mag.«

Und so setzte denn, als eben Goldregen und Syringen im Garten des
Vetters sich zum Blühen anschickten, ein braunes, rosiges Mädchen
zum ersten Mal den Fuß über die Schwelle seines Hauses; und der
Vetter konnte nicht begreifen, weshalb auch drinnen die alten Wände
plötzlich zu leuchten begannen. Erst später meinte er bei sich selber,
es sei der Strahl von Güte, der aus diesen jungen Augen gehe. Die
Großtante freilich schüttelte etwas den Kopf über diese gar so jugendliche Haushälterin, und womit die alte Karoline geschüttelt, das hat der
Vetter niemals offenbaren wollen.

Julie war keine schlanke Idealgestalt; sie war lieblich und rundlich,
flink und behaglich, ein geborenes Hausmütterchen, unter deren Hand
sich die Dinge geräuschlos, wie von selber, ordneten. Dabei, wenn ihr
so recht etwas gelungen war, konnte sie sich oft einer jugendlichen
Unbeholfenheit nicht erwehren; fast als habe sie für ihre Geschicklichkeit
um Entschuldigung zu bitten. Ja, als einmal der Vetter ein lautes Wort
des Lobes nicht zurückhalten konnte, sah er zu seinem Schrecken das
Mädchen plötzlich wie mit Blut übergossen vor sich stehen und ganz
deutlich glaubte er: ›O, bitte, wenn Sie nichts dagegen haben!‹ die
buchstäblichen Worte aus ihrem Munde zu vernehmen. In Wirklichkeit
freilich hatte er sie nicht gehört; es war nur eine Konjektur, die er aus
den braunen Augen herausgelesen hatte.

Als er es später dem Onkel Senator bei einer Nachmittagspfeife an-
vertraute, nickte dieser und meinte lächelnd, das sei eine Inschrift,

züchtig, süß und bescheiden, und wohl passend für ein junges Mädchenangesicht.

Und wie von selber belebten sich die öden Räume des Hauses. Die Fenster füllten sich mit Blumen, und unten vom Wohnzimmer in das Treppenhaus hinauf klang morgens der helle Schlag eines Kanarienvogels; aber ebenso lag auch das Tüchelchen bereit, um ihn zum Schweigen zu bringen, wenn der Herr Doktor noch beim Morgenkaffee seine Pensa durchnahm. Der Onkel, der jetzt öfter bei dem Vetter einsah, behauptete, das ganze Haus habe eine Wendung weiter nach der Sonnenseite hin gemacht. 359

Selbst die alte Karoline stand eines Tages mit eingestemmten Armen und sah den kunstfertigen Händen der »Mamsell« zu, die eben den Studiersessel des Doktors neu gepolstert hatte und nun so flink einen blanken Nagel um den anderen einschlug. Freilich, als sie sich darauf ertappte, trabte sie eilig in ihre Küche zurück, scheltend über sich selbst und über die fingerfixe Person, die dem Nachbar Sattler das Brot vor dem Munde wegnehme.

Je weniger aber die alte Jungfrau die Tüchtigkeit und die ruhige Freundlichkeit des Mädchens verkennen konnte, desto schärfer spähte sie nach allen Seiten aus, und bald konnte man sie gegen die Mittagsstunde zwischen ihrem Feuerherd und der auf dem Flur stehenden Hausuhr unruhig auf und ab wandern sehen. Es war unzweifelhaft, der Doktor kam niemals mehr zu spät von seinem Mittagsspaziergang; ja, er sah oft ganz erhitzt aus, wenn er anlangte; er mußte schier gerannt sein, um nur die rechte Stunde nicht zu verfehlen. Um ihretwillen, die sie ihn doch auf diesen ihren Armen getragen hatte, war noch niemals ein Tropfen Schweiß vergossen worden!

Die Lippen der Alten begannen vor sich hin zu plappern: sie schluckte, als könne sie es nicht hinunterwürgen.

Es war augenscheinlich, die Küche hatte jene Sonnenwendung des übrigen Hauses nicht mitgemacht.

Inzwischen gingen die Jahreszeiten ihren Gang. Die Rosen im Garten hatten ausgeblüht; Hülsenfrüchte und Spargel waren nicht nur abgeerntet, es stand auch ein gut Teil davon in blanken Konserven in der Vorratskammer; daneben reihten sich sorgsam verpichte Flaschen, voll von Stachelbeeren und von jenen saftreichen Schattenmorellen, deren beliebiger Verwendung jetzt nichts mehr im Wege stand.

Beim Brechen des Kernobstes, das der Garten in den feinsten Arten hervorbrachte, leistete diesmal der Vetter selbst den besten Mann. Kühn wie ein Knabe holte er die großen Gravensteiner Äpfel von den höchsten Zweigen. Von draußen guckten die Nachbarsbuben mit gierigen Augen über die Planke und riefen in ihrem Plattdeutsch: »Lat mi helpen, lat mi helpen. Ick kann ganz baben in de Tipp!« – Aber der Vetter brauchte die Buben gar nicht, er konnte sich allein helfen. Dagegen, in der Freude seines Herzens, warf er oftmals einen Apfel zwischen sie, worüber denn jenseit der Planke ein lustiges Gebalge sich erhob; die schönsten aber, die mit den rotgestreiften Wangen, flogen zu seiner jungen Wirtschafterin hinab, die mit vorgehaltener Schürze unter dem Baume stand. Nur war sie heute nicht geschickt wie sonst; denn ihre Augen folgten dem Vetter ängstlich auf die schwanken Zweige, und ein etwas größerer Apfel schlug ihr fast jedesmal den Schürzenzipfel aus der Hand. Bei dem Bücken nach rechts und links waren die schweren Haarflechten ihr herabgeglitten und hingen lose in den Nacken; nun, da der Äpfel noch immer mehr auf sie zuflogen, bat sie flehentlich um Gnade.

»Christian, mein Junge!« erscholl jetzt plötzlich die Stimme des Onkel Senators, der eben in den Garten getreten war. »Wo steckst du denn? – Beim Gott Merkurius! du scheinst nachgerade nun so jung zu werden, wie du es deinem Taufschein schuldig bist! Aber weißt du denn, daß es eben zwei vom Turme geschlagen hat?«

Da flog noch ein Apfel glücklich in Juliens Schürze; dann kam der Vetter selbst zur ebenen Erde. In der Tat, er hätte fast die Klassenzeit versäumt; ja, noch immer waren seine Gedanken in den grünen Zweigen. »Was meinen Sie, Fräulein Julie«, sagte er und strich sich die gelben Blätter aus den Haaren; »ich denke, um vier Uhr setzen wir die Arbeit fort! Wahrhaftig, Onkel; ich hätte nicht gedacht, daß ich so klettern könnte!«

Nun war es im November. Die Bäume waren leer, der Garten stand verödet; aber Keller und Vorratskammer waren gefüllt; lang und traulich wurden die Abende; die vielbedachte große Familienfestlichkeit sollte nun wirklich vor sich gehen.

Als man die einzuladenden Gäste zusammenrechnete, da waren es sechzehn, die beiden Hausgenossen ungezählt; dazu ein armes Fräulein, das von der Großtante alle Weihnacht ein Liespfund Kaffee und zwei Hut Meliszucker zum Geschenk erhielt.

Zwar Karoline behauptete, es könnten nur achtzehn an dem Ausziehetische sitzen; aber Julie sagte sehr errötend: »Wenn der Herr Doktor es mir vertrauen wollten!« Und der Vetter lächelte still und dachte: ›Nun hat sie wieder einen ihrer klugen Einfälle!‹ Dann setzte er auch den siebzehnten Gast mit auf die Liste.

Und jetzt wurde rüstig angefaßt. Karoline zankte nach Herzenslust mit Schlächtern und Fischfrauen; der Vetter holte staubige Flaschen aus seinem Weinkeller und schnitt dann wieder Fidibus und Leuchtermanschetten vom weißesten Velinpapier; der Onkel Senator mußte, weil auf dergleichen der Vetter sich nicht verstand, einen großen Marzipan aus Lübeck verschreiben; Julie kam mit heißen Wangen bald vom Nachbar Bäcker, wo sie ihre Kuchen und Plätzchen im Ofen hatte, bald draußen vom Gärtner, der ihr für die Festtafel noch einen herbstlichen Strauß zusammensuchen mußte.

Und so war denn eines Sonntags der große Nachmittag herangekommen. Der Weg zum Hause führte durch den seitwärts daran gelegenen Teil des Gartens; aber schon mit Dunkelwerden leuchtete die über der Haustür befindliche Laterne freundlich auf den breiten Steig hinaus.

Drinnen im Wohnzimmer, im Schein der großen Astrallampen, blinkten die Tassen und sauste schon die Teemaschine. Nebenan im Spielstübchen hatte eben der Vetter die Karten ausgebreitet und die Spielmarken zurechtgelegt, während hinter den noch geschlossenen Türen des Eßzimmers Julie die Tafel revidierte, welche nach langen Jahren wieder einmal mit dem geblümten Damastgedeck und den schweren silbernen Leuchtern prangte.

362

Schon hatte es sechs geschlagen, und der Vetter, seine goldene Taschenuhr in der Hand, durchmaß mit unruhigen Schritten die noch immer leeren Räume. Da endlich begann draußen auf dem Flur das Schellen der Haustürglocke; fröhliche Stimmen, junge und alte, wurden laut und – da kamen sie: der Onkel und die Tante Senator, zwei andere Tanten, zwei Vettern und zwei Muhmen und von übriger Sippschaft sieben, das arme Fräulein ungerechnet. Mitunter war es auch nur ein Windstoß, der die Haustür aufwarf, denn der Nordwest pustete draußen gerade so viel, als es drinnen zur Erhöhung der Behaglichkeit zu wünschen war. Schließlich rollte auch noch die Klosterkutsche vor das Gartentor, die Großtante wurde herausgehoben, und die alte Karoline, in einer großen Haube mit Rosaschleifen, kam zum Vorschein und nahm der Frau Bürgermeisterin den schweren Atlasmantel ab.

Die Gesellschaft war vollzählig. Am Teetisch in der Ecke stand die kleine, freundliche Wirtin des Hauses und drehte das Hähnchen der Teemaschine und schenkte in die Tassen; zwei junge Bäschen gingen umher und präsentierten, die eine den duftenden Trank, die andere die sämtlich nach Familienrezepten gebackenen Kuchen. Eine Luft der Behaglichkeit war verbreitet, daß alles wie von selber an zu plaudern fing. Die Großtante hatte aus der Sofaecke mit ihren noch immer scharfen Augen eine Weile rings umhergesehen und nickte nun beifällig nach dem Ecktischchen hinüber. »Wie gut, mein Lieber«, sagte sie und drückte dem Vetter Christian die Hand, »daß wir die Kutsche in der Stadt haben! Wie hätte ich sonst in all dem Wetter zu dir kommen sollen!« Und Christian verstand gar wohl den Beifall, der in diesen Worten lag; und wäre es in ihrem Kreise Brauch gewesen, er würde gewiß die Hand der alten Dame geküßt haben. So aber ließ er es mit einem dankbaren Gegendruck bewenden.

Nicht lange, so saßen im Nebenzimmer die alten Herrschaften bei ihrer Whistpartie. Julie hatte soeben der Frau Bürgermeisterin ein weiches Fußkissen untergeschoben; als auch der Vetter hereintrat, um dem ehrenfesten Spiele zuzusehen, blickte der Onkel ganz schelmisch zu ihm auf. »Nun, Christian«, sagte er, indem er zierlich einen neuen Stich auf die Tischplatte schnippte, »das ist heut doch ein ander Ding, als vorigen Winter, da du immer allein da droben auf deiner Rauchkammer saßest! Und wie angenehm« – fuhr er, inzwischen immer neue Stiche machend, fort – »unserer kleinen Hennefeder die rosa Busenschleife zu ihren braunen Flechten läßt! Im Vertrauen, Christian, noch hübscher, als deiner Karoline die Schleifen auf ihrer großen Flügelhaube. Auf alle Fälle aber ist Rosa heut die Farbe deines Hauses; und – sieben Trick, groß Schlemm, meine Damen! Was sagst du dazu, Christian!«

Der Vetter nickte und ging vergnügt zu den anderen, die im großen Zimmer schon am Pochbrett saßen. Es war noch ein echtes, altes, ein Erbpochbrett mit Scharwenzel, Vizebuben, Umschlag und Braut und Bräutigam. Und lustig ging es her; die Stimmen riefen durcheinander, die Rechenpfennige klirrten; die Seele des Spieles aber war ein verwachsenes ältliches Jüngferchen, welche den ganzen Kopf voll grauer Pfropfenzieherlöckchen hatte. Sie wurde, weil sie zur Erhöhung ihrer kleinen Person sich beim Sitzen einen ihrer Füße unterzuschieben pflegte, in der Familie »Lehnken Ehnebeen« genannt; und der Vetter hatte ihr einst, da er noch ein kleiner dummer Knabe war, einen gar üblen Streich gespielt. Heimlich war er unter den Tisch gekrochen, an welchem sie mit drei anderen Damen ihr Partiechen machte. Auf einmal rief er: »Ich seh, ich seh!« – »Was siehst du denn, mein Jungchen?« fragte sie. – »Ich seh vier Tanten und nur sieben Beine!« Da stach Cousine Ehnebeen die Force ihrer Partnerin mit Atout-As und verlor darüber den Rubber.

Aber diese garstige Geschichte war jetzt längst vergessen. »Vetter Christian!« rief sie. »Es ist höchst gemütlich bei Ihnen; Sie machen ein reizendes Haus. Aber kommen Sie flink! Ich bin just am Kartengeben.«

»Um Entschuldigung, Cousine; ich bin heute ja der Wirt!« entgegnete der Vetter und winkte mit der Hand.

364

Da wollte eben die kleine Wirtin des Hauses, mit geleerten Kuchenkörben beladen, an ihm vorübergehen; nun aber stand sie einen Augenblick und sagte schüchtern: »Spielen Sie doch mit, Herr Doktor! Wenn Sie es mir vertrauen wollten, ich würde alles schon besorgen.«

»Gewiß, gewiß, Fräulein Julie! O, ich vertraue Ihnen sehr«, flüsterte der Doktor hastig; und als er sie im Fortgehen anblickte, sah er noch, wie sie über und über rot wurde und wie es ganz deutlich: »O, bitte, wenn Sie nichts dagegen haben!« in ihren jungen braunen Augen stand.

Wie aber diese Augen glänzten, als Julie draußen neben dem alten Drachen in Küche und Speisekammer hantierte, das sah der Vetter nicht mehr; denn er saß drinnen bei Cousine Ehnebeen und spielte Poch und hatte alle Wirtschaftssorgen von sich geworfen; denn – ja, das wußte er gewiß – sie waren in den allerbesten Händen. Nur Karoline musterte bedenklich die Augen ihrer jungen Vorgesetzten; und sie wollten ihr um desto schlechter gefallen, als sie auch in denen ihres Doktors schon öfters jenen ihr widerwärtigen Glanz bemerkt zu haben glaubte.

Aber der Abend rückte weiter. – Um neun Uhr öffneten sich die Flügeltüren des dritten Zimmers; und da strahlte die blumengeschmückte Tafel im hellsten Damast- und Kerzenglanz. Der Vetter bot der Großtante den Arm, der Onkel hatte sich geschickt sein Patchen einzufangen gewußt. Zwar sie meinte, ihr geschehe zu viel Ehre, aber sie mußte.

»Heut, mein kleines Patchen«, sagte der Onkel, »sind Sie die Dame des Hauses und müssen schon einmal mit mir altem Burschen fürliebnehmen!« worüber denn die junge Dame ganz beschämt wurde und die alte Karoline, welche eben mit einer Schüssel Karpfen in die Stube trat, dem guten Herrn einen giftigen Blick hinüberschoß, den dieser jedoch, leider, nicht bemerkte. Als man indessen an den Tisch getreten war, machte Julie mit allerliebstem Lächeln einen Knicks, und fort war sie; und da half es nun nicht weiter, der Onkel sah sich plötzlich neben der Großtante eingeschoben und die Tafelreihe geschlossen.

Der Vetter rieb sich vergnügt die Hände, wie er da die ganze Freundschaft so an seinem Tisch beisammen habe; er sah auch wohl, wie Julie neben der alten Karoline hie und da eine Schüssel reichte; aber beim Fischessen muß jeder hübsch die Augen auf dem Teller haben. So bemerkte er nicht einmal, daß er selbst die Karpfen wie den säuerlichen Rahmschaum stets nur von der Hand seiner alten Haustyrannin erhielt, noch weniger, wie diese ihren Schnurrbart sträubte, wenn das junge Kind sich einmal mit einer Schüssel in seine Nähe wagte.

Doch nun erschien der Braten, stattlich, als solle er das Kerzenlicht verdunkeln; und alle Augen und Zungen waren wieder freigegeben. Feierlich stand der Vetter auf und, mit dem Messer an sein Glas klingend, hub er an: »Unsere liebe, allverehrte Großtante, sie lebe – –« Aber er stockte plötzlich, als er in diesem Augenblick zum ersten Mal die ganze Tafelrunde überschaute. »Hm!« sagte er. »Wo ist denn Fräulein Julie?«

Da scholl aus der untersten Ecke des Zimmers eine helle Stimme: »Hier bin ich, Herr Doktor!« Und als er hinblickte, da saß sie dort am Katzentischchen.

»Unsere allverehrte Großtante, sie lebe hoch!« sagte nun der Vetter.

»Hoch! Hoch!« Und alle standen auf und klingten mit der Großtante an, und auch Julie tat es; und danach, trotz dem alten Hausdrachen, stieß sie auch noch mit dem Vetter an, und als dieser wie in freundlichem Tadel ihrer selbstgewählten Erniedrigung gegen sie den Kopf schüttelte, blickte sie ihn so demütig und um Verzeihung flehend an, daß er darüber ganz verwirrt wurde. Denn zu seiner eigenen Verwunderung saß er schon wieder auf dem Stuhl, bevor er auch nur mit einem Schlückchen die von ihm selber ausgebrachte Gesundheit bekräftigt hatte; erst als die alte Dame erhobenen Fingers sagte: »Aber, Christian, du meinst es doch wohl ehrlich mit deiner alten Großtante!«, stürzte er hastig das ganze Glas hinunter.

Doch schon hatte Cousine Ehnebeen aufs neue ihr Füßchen unten weggezogen und nahm nun in ganzer Gestalt die Aufmerksamkeit der 366 Gesellschaft in Anspruch. Erhobenen Glases stand sie da, und mit angenehmer Krähstimme rief sie:

»Ich bin verliebt!«

Und nachdem sie sich herausfordernd im Kreise umgeblickt und niemand gegen diese Behauptung etwas einzuwenden gefunden hatte, fragte sie mit noch nachdrücklicherem Pathos: »Worin?«

Und als auch hierauf die Gesellschaft schwieg, erteilte sie zur Überraschung aller, welche ihren Trinkspruch noch nicht kannten, deren jedoch zufällig heute niemand zugegen war, die gewiß befriedigende Antwort:

In Redlichkeit und Treu!
Ein abgesagter Feind
Von aller Heuchelei!

Es war ein schöner, langer Trinkspruch; aber sie brachte ihn tapfer zu Ende und verneigte sich lustig gegen alle, die ihr das Glas hinüberreichten oder mit ihr anzustoßen kamen. Und das arme Fräulein ging von Lehnken Ehnebeen zu allererst an das Katzentischchen und stieß mit Fräulein Julie an und drückte dabei, wie in zärtlicher Versicherung, mit ihren mageren Fingern die kleine, feste Hand des Mädchens; nein, gewiß, sie beide wollten keine Heuchler sein!

Noch immer heiterer wurde es; und als beim Nachtisch der große Marzipan, worauf sich das Lübecksche Rathaus nebst dem ganzen Markt präsentierte, zuerst herumgereicht und dann von der Großtante zierlich zerlegt war, da befahl der Vetter, seine drei Flaschen noch vom Vater ererbten Johannisbergers aus ihrem staubigen Winkel heraufzuholen, was auf jung und alt den angenehmsten Eindruck nicht verfehlte, da die grimmigen Selbstgespräche, mit denen die alte Karoline die Kellertreppe hinabstapfte, hier oben gar nicht zu hören waren. Und als nun erst die Pfropfen gezogen wurden und der lang verschlossene köstliche Duft heraustieg und das Zimmer wie mit frischer Lebensluft erfüllte, da stimmte der Onkel an:

Vom hoh'n Olymp herab ward uns die Freude! 367

Und es half den Jungen nicht, daß sie das Lied veraltet fanden; sie stimmten doch alle mit ein, aus großem Respekt vor dem Onkel.

– – Draußen auf der Gasse, auf seinen Morgenstern gestützt, stand der Nachtwächter, der alte Matthias, der immer so hell die Neujahrsnacht ansang, und hörte zu, bis das Lied zu Ende war. Dann, verwundert, was in dem sonst so stillen Hause des Doktors heute vorgehe, rief er die elfte Stunde und setzte seine Runde fort. – –

Wie aber alle Lust ein Ende nimmt, so war endlich auch auf dem großen Familienfest des Vetters der Johannisberger ausgetrunken. Schon rückte man die Stühle, als der Onkel noch einmal an sein Glas klingte: »Nicht zu vergessen unsern alten Landestrinkspruch! Lieben Freunde, up dat es uns wull ga up unse olen Dage!«

Und auch die Jungen stießen andächtig an, als sähen auch sie den warnenden Finger, der gegen uns alle aus der dunkeln Zukunft sich erhebt. Der Vetter aber hatte die Augen nach dem Katzentischchen und dachte: Ja, jetzt, jetzt geht's dir wohl; aber wie wird's dir gehen in deinen alten Tagen?

»Christian, mein Lieber«, sagte die Großtante leise, »das war ja heute fast wie einst bei deinem guten Vater selig.«

Da stand er auf und führte die alte Dame in das Wohnzimmer zurück. Und als alle sich »Gesegnete Mahlzeit« gewünscht hatten, erschien Karoline mit Pelzen, Mänteln und Muffen; draußen klatschte der Kutscher von dem Bock der schon längst wieder vorgefahrenen Klosterkutsche; dann begann wieder die Haustürglocke zu schellen, die Gäste nahmen Abschied und bald waren nur noch der Vetter und Fräulein Julie in den leeren Zimmern. Sie räumten die Karten fort, legten die Teppiche zusammen und löschten die Überzahl der lichter.

Dem Vetter lag es auf dem Herzen, als habe er Fräulein Julien noch was Besonderes mitzuteilen; er suchte danach in seinem Kopfe, aber er konnte es dort nicht finden. Freilich, daß sie nicht wieder am Katzentischchen sitzen dürfe, das wollte er ihr auch gelegentlich sagen; aber das war es doch so eigentlich nicht. Er rückte hie und da an einigen Stühlen, an denen nichts zu rücken war, und auch Fräulein Julie wischte schon ein ganzes Weilchen mit ihrem Schnupftuch um nichts an einer spiegelblanken Tischplatte; endlich wünschten sich beide gute Nacht. Die alte englische Hausuhr – sie war einst in der Kontinentalsperre konfisziert worden und dann noch einmal um den vollen Preis vom Großvater zurückgekauft – spielte eben vom Flur aus dreimal ihre

Glockentonleiter zum letzten Viertel vor Mitternacht. Wie spät das heut geworden war!

Als nach einer Weile draußen auf der Gasse der alte Matthias die zwölfte Stunde abrief, sah er, daß schon alle Fenster dunkel waren. Ein Weilchen stand er noch und wiegte seinen grauen Kopf. Eine Hochzeit konnt's doch nicht gewesen sein! Bei solch einer Familie, da hätten drunten im Hafen die Schiffe doch geflaggt; auch für die Nachtwächter wäre wohl ein gutes Trinkgeld nicht gespart worden! – Und mit sich selber redend setzte der Alte seine Runde fort, bis der neue Stundenschlag ihn auf andere Gedanken brachte.

Noch ganz erfüllt von seinem gestrigen Feste und dem anmutigen Walten seiner kleinen Hausdame griff am andern Morgen der Vetter nach seiner längsten Pfeife, um mit diesem erprobten Beistande in den Weg des täglichen Lebens wieder einzulenken. Als er in die Küche trat, wo er am Herdfeuer seinen Fidibus anzuzünden pflegte, traf er dort die Alte mit dem Putzen der Gesellschaftsmesser beschäftigt. Er konnte dem Drange seines Herzens nicht widerstehen; »Karoline«, sagte er und tat die ersten kräftigen Züge aus seiner Pfeife, »die Julie ist doch ein gutes Mädchen!«

Karoline arbeitete eifrig an ihrem Messerbrett.

»Hört Sie nicht, Karoline?« wiederholte der Doktor. »Ich sage, die Julie ist doch ein sehr gutes Mädchen!«

Die Alte kniff den Mund zusammen, daß sich die Barthärchen auf ihrer Oberlippe sträubten.

»Sie denkt gar nicht an sich selber, das liebe Kind!« fuhr der Doktor, rauchend und wie zu sich selber redend, fort.

»Gar nicht an sich selber?« Das war der Alten doch zuviel; sie wetzte so wütig, daß die Messer und Gabeln mit großem Geprassel auf die Fliesen stürzten.

Der Vetter, der wohl wußte, daß bei seiner alten Freundin Tag und Stunde nicht gleich seien, fragte ruhig: »Aber, Karoline, was hat Sie denn nur einmal wieder heute?«

»Ich? Ich habe nichts, Herr Doktor!« Und sie bückte sich und warf mit beiden Händen die Messer und Gabeln wieder auf den Küchentisch. »Aber ich sage bloß: lassen Sie sich nur nicht bestricken! Ja, das sage ich, Herr Doktor!« Sie stand schon wieder vor ihrem Herrn und nickte oder zitterte vielmehr heftig mit ihrem großen grauen Kopfe.

369

Dieser war aufrichtig betreten, so daß er sogar die Pfeife beim Fuß gesetzt hatte; dann aber fragte er nachdenklich: »Bestricken, Karoline? Was meint Sie mit Bestricken?«

»Da kann man viel damit meinen!« erwiderte die Alte unverfroren.

»Das freilich, Karoline; aber hat denn Sie keine bestimmte Meinung?«

»Ich habe so meine Meinung, Herr Doktor; und wenn meine Augen auch alt sind, so sehen sie doch mehr, als manche junge Augen!«

»Nun, nun, Karoline!« – Der Doktor verließ die Küche und ging hinüber in das Wohnzimmer, wo Julie eben den Kaffee in seine Tasse schenkte; sie sah ganz rosig aus in ihrem Morgenhäubchen. Rauchend schritt er ein paarmal auf und ab; dann, als falle ihm das plötzlich schwer aufs Herz, blieb er vor dem Mädchen stehen und sagte: »Bekennen Sie es nur, Fräulein Julie, Sie haben gewiß manchmal Ihre Not mit unserer guten Alten?«

Aber Julie sah ihn mit der ganzen Ehrlichkeit ihrer jungen braunen Augen an. »Wir vertragen uns schon, Herr Doktor«, sagte sie; »wer sollte mit alten Leuten nicht Geduld haben?«

Da schlug es an der Hausuhr acht; der Doktor mußte eilen, daß er in die Klasse kam.

Die Wochentage liefen hin. Aber mit jedem Tage wurde es dem Vetter deutlicher, daß er an einer innerlichen Unruhe leide, deren Ursache er jedoch vergebens zu erforschen strebte. Seine Gesundheit ließ nichts zu wünschen übrig, sein Haus war besser bestellt als je zuvor, und auch sein Gewissen – soviel glaubte er behaupten zu können – war im wesentlichen unbelastet. Mitunter fiel ihm ein: wenn er nur einmal recht weit von hier könnte! Wenn nur die Weihnachtsferien erst da wären, so wollte er fort zu einem Universitätsfreunde, und bei dem das Fest verleben. Aber wenn er dann der Sache näher nachdachte, so überkam es ihn immer wie eine Trostlosigkeit, auch nur einen Tag anderswo als im eigenen Hause zuzubringen. Es war höchst sonderbar.

Freilich, wenn er die alte Karoline gefragt hätte, die würde ihm Bescheid gegeben haben. Sie kannte die Krankheit mit allen ihren möglichen und unmöglichen Folgen und hatte sogar eben erst ein neues Symptom derselben entdeckt. Ja, statt wie sonst um höchstens elf Uhr, ging jetzt der Doktor meistens erst um zwölf nach seinem im Erdgeschoß belegenen Schlafzimmer. So lange saß er oben auf seiner Studierstube; er verachtete den Schlaf, den er sonst so sehr geliebt hatte. Und die alte Karoline verstand es, ihre Schlüsse zu machen! Sie übersprang dabei wahre Abgründe; ja sie erstieg, was nie von einem Akrobaten noch gesehen worden, mit Behendigkeit die höchste Leiter, welche auf ihrer eigenen Nase balancierte, und stand dann schwindellos und triumphierend auf der obersten Sprosse. Oh, die alte Karoline!

Und nun geschah es am Freitagvormittage, daß sie, wie gewöhnlich, eine Flasche frischen Wassers nach der Stube der »Mamsell« hinauftrug. Aufräumungslustig, wie immer, blickte sie umher; und da kein anderer Gegenstand sich ihren Augen darbot, so nahm sie, damit dem dringenden Triebe doch in etwas Genüge geschehe, ein auf der linken Seite der Tür hängendes Kleid der Mamsell, um es auf den Haken an der rechten Seite der Tür zu hängen. Dabei fiel aus der Tasche des Kleides ein zusammengefaltetes weißes Schnupftuch, das sie an den Namensbuchstaben sofort als das unzweifelhafte Eigentum des Doktors, ihres Herrn, erkannte.

Was bedeutete das? Wie kam das Tuch hieher, in die Tasche der Mamsell? Sie starrte darauf hin, daß ihr die runden Augen aus dem Kopfe traten. Plötzlich fiel ein schneidendes Licht auf den Gegenstand ihrer Betrachtung; der Großtürke – ja, das hatte ihr Bruderssohn, der Schiffer, einmal erzählt –, wenn der aufs Freien wollte, so schickte er vorher sein Schnupftuch an das junge Frauenzimmer! Und ihr Herr, der Doktor, er rauchte türkischen Tabak, er hatte vergangenen Sommer türkische Bohnen im Garten gezogen, er war überhaupt sehr für das Türkische! – Eine Vorstellung jagte die andere im Hirn der braven Alten. Herr, du des Himmels! Das Zimmer hier war ja nur durch die kleine Kramstube, in der auch die Mamsell ihre Kommode stehen hatte, von dem Studierzimmer des Doktors getrennt, und die Verbindungstüren waren allzeit unverschlossen! Die Alte schauderte. Der Doktor kannte die Welt nicht; wenn es wirklich nun zu einer Hochzeit käme! Mit einer Person, die aus gar keiner Familie war! »Hennefeder« hieß sie; sie konnte ebensogut »Hahnewippel« heißen oder sonst dergleichen, was nirgendwo zu Haus gehörte – die sie heute noch betroffen hatte, wie sie einen Weinjuden in das Wohnzimmer komplimentierte, dem man es bei seinem Fortgehen vom Gesichte ablesen konnte, daß der Doktor sich wieder ein teures Fäßchen hatte aufschwatzen lassen! Aber sie, die alte Karoline, wollte ihre Augen offen haben!

Nachdem sie so mit sich aufs reine gekommen war, steckte sie das verdächtige Schnupftuch wieder in die Tasche des Kleides und ging hinab in ihre Küche. Aber den ganzen Tag war sie wie hintersinnig und statt des Kaffeekessels setzte sie die Bratpfanne auf den Dreifuß.

372 Mit dem Abend steigerte sich ihre Unruhe. Als die Uhr halb elf geschlagen hatte, hörte sie die Mamsell die Treppe hinauf nach ihrem Zimmer gehen; der Doktor war schon seit neun in seiner Studierstube. Mehrmals trat sie aus der Küche in den Hausflur; aber immer pickte die große Uhr so laut, daß sie nichts vernehmen konnte. Endlich schlich sie die Treppe hinauf und legte ihr Ohr zuerst an die Stubentür der Mamsell – da hörte sie es drinnen von Frauenkleidern rauschen; dann an die Stubentür des Doktors – da konnte sie deutlich hören, wie der Vetter seinen Pfeifenkopf am Ofen ausklopfte.

Sie stieg wieder hinab; sie wollte warten, bis ihr Herr in sein Schlafzimmer gegangen wäre. Zitternd und frierend, die Arme in ihre Schürze gewickelt, saß sie neben dem kalten Herde auf dem hölzernen Küchenstuhl; aber die Uhr schlug zwölf, und es rührte sich noch immer nichts. Da hielt sie sich nicht länger; sie war es seiner seligen Mutter schuldig; ja, sie hatte ihn selber mit erzogen; wieder stieg sie die Treppe hinauf, und als dort alles still blieb, öffnete sie resolut die Tür des Studierzimmers. – Da saß der Doktor in seinem bunten Schlafrock und rauchte aus seiner türkischen Pfeife. Kein Buch, kein Schreibwerk lag vor ihm, er rauchte bloß; die Studierlampe war ausgetan, das Licht, mit dem er in sein Schlafgemach zu gehen pflegte, brannte auf dem Tische mit einer langen Schnuppe. Das alles war höchst verdächtig.

Als ihr Herr sie gar nicht zu bemerken schien, trat sie an den Tisch und putzte das Licht.

Da sah der Vetter auf. »Mein Gott, Karoline, was will Sie denn?«

»Ich wollte nur sagen, Herr Doktor, daß Ihre Schlafstube unten zurecht sei.«

»Das glaube ich wohl, Karoline; aber was ist denn eigentlich die Uhr?«

»Es ist nach Mitternacht, Herr Doktor!«

»Mitternacht? Aber, was wandert Sie bei Ihrem Alter denn so spät im Hause herum! Geh Sie doch schlafen, Karoline!«

373 ›So!‹ dachte die Alte; ›also das ist's! Ich muß erst fort sein in meine Bodenkammer!‹ Und laut setzte sie hinzu: »Ich war unten in der Küche eingenickt; aber ich will nun schlafen gehen. Gute Nacht, Herr Doktor!«

»Gute Nacht, Karoline.«

Mit harten Tritten stieg sie die Bodentreppe hinauf und klappte dann ebenso vernehmlich die Tür ihrer Kammer auf und zu. Sie hatte aber nur das mitgebrachte Licht hineingestellt. Sie selber tappte zwischen den umherstehenden Kisten und sonstigem Hausgerät auf den dunklen Boden hinaus. Als sie mit der Hand einen Bettschirm fühlte, der noch von der letzten Krankheit der seligen Frau hier oben stand, huckte sie nieder und legte das Ohr auf den Fußboden; der Schirm, das wußte sie, befand sich gerade über der kleinen Kramstube.

Es blieb alles still; nur die türkischen Bohnen, die zum Trocknen reihenweise an aufgespannten Fäden hingen, raschelten im Nachtzuge, der durch die Ritzen des Daches fuhr. Draußen von der nahen Kirche schlug es eins. – Der große Kopf der Alten wurde immer schwerer in der unbequemen Lage; lange war es nicht mehr auszuhalten. Da – was war das? Wie ein Blitz schlug es ihr durch alle Glieder; sie hatte unter sich die eine Tür der Kramstube knarren hören; aber in demselben Augenblick – denn ihre Beine waren zuckend hintenaus gefahren – stürzte auch der Bettschirm mit Gepolter auf sie herab. Mit dem Kopfe hatte sie die Tapetenbekleidung durchstoßen, und er steckte nun darin wie in einem mittelalterlichen Folterbrette. Eine Katze sprang von einem nebenstehenden Schrank und pustete sie an.

»Pust nur!« sagte die Alte. »Ich werde auch pusten!«

Sie hatte genug gehört; und noch dazu, einen heilsamen Schreck mußte es denen da unten doch gegeben haben; bis morgen würde der schon vorhalten und – übermorgen, da sollte vorher schon noch was anderes passieren! Noch einmal horchte sie, und da nichts sich hören ließ, zog sie behutsam ihren Kopf heraus und kroch zurück in ihre Kammer.

Aber die Pläne, einer noch gewaltsamer als der andere, die ihren Kopf durchkreuzten, ließen sie nicht schlafen. Zehnmal warf sie ihr Kopfkissen herum, sie zerwühlte ihr ganzes Bett und wußte bald nicht mehr, ob sie in der Länge oder in der Quere lag. Als endlich der erste Dämmerschein durch die kleinen Fensterscheiben fiel, saß sie, wirklich einem Schuhu nicht unähnlich, zusammengekauert im Fußende des Bettes. Die Spitze ihrer krummen Nase zuckte auf und ab, die Augenlider mit den grauen Wimpern schossen gichterisch über die offenstehenden Pupillen. Es sah überhaupt aus wie in einem Eulenneste; in der Kammer umher lagen die Bettfedern wie von kleinen zerrissenen Vögelchen. Aber die alte Karoline war fertig mit ihrem Plane. »Der gerade

374

Weg der beste!« brummte sie und stieg – so weit waren ihre Gedanken über die nächsten Dinge hinaus – mit dem linken Bein zuerst aus ihrer Bettstatt.

– – Als Julie am Morgen in die Küche kam und das kümmerliche Aussehen der Alten bemerkte, fragte sie dieselbe teilnehmend, ob sie etwa keine gute Nacht gehabt habe.

Karoline, die am Tische bei ihrem Frühstück saß, pustete erst ein paarmal in den heißen Kaffee; dann, als spräche sie es nur gegen die Wände, aber mit deutlicher Betonung sagte sie: »Es hat mancher schon eine schlechte Nacht gehabt, der doch mit Ehren seinen Kopf aufs Kissen legte.«

»Nun, das tut Sie ja gewiß, Karoline«, erwiderte das Mädchen lächelnd; »aber Sie hat es vielleicht auch oben bei sich spuken hören?«

»Ich dachte, es hätte unten gespukt!« sagte die Alte, ohne aufzublicken.

»Oh, das war ich, Karoline; ich holte noch etwas aus der Kramstube.«

»Um Glock eins? Ich meinte, die Mamsell sei schon um halb elf nach Ihrem Zimmer gegangen!«

»Aber ich besserte noch an meinen Kleidern.«

Die Alte nickte. »Ja, die Mamsell hat auch eine recht ordentliche Mutter, und auch eine recht sittsame Mutter, die ihren Kindern gewiß kein schlecht Exempel gibt.«

»Oh, niemals, Karoline! Ich habe eine gute Mutter.« Julie fühlte eine Anzüglichkeit des Tones heraus, aber sie sann vergebens nach, wohin das ziele.

Mittlerweile hatte die Alte ihre Tasse zurückgeschoben und griff schon wieder nach Schaufel und Feuerzange.

»Ich hab heute vormittag noch einen Gang zu tun«, sagte sie, indem sie frischen Torf ins Herdloch warf; »nicht für mich, es ist um anderer Leute willen. Die Kartoffeln sollen auch schon vorher geschält sein.«

»Gewiß, Karoline; Sie wird ja nichts darum versäumen.«

»Nein«, sagte die Alte, »es soll, so Gott will, nichts versäumt werden.«

Und richtig, nach kaum einer Stunde hatte Karoline, welche sonst fast nie das Haus verließ, ihren großen schwarzen Taffethut aufgebunden; und so, einen blaukarierten Regenschirm unter dem Arm, sah Julie von dem Wohnstubenfenster aus sie die Straße hinabsegeln.

Eine Weile später schaute auch Juliens junges Antlitz aus einem schwarzen Sammethütchen, und nachdem sie der Scheuerfrau, die auf dem Flur ihr Sonnabendswerk verrichtete, das Nötige anempfohlen hatte, verließ sie ebenfalls das Haus und trat bald darauf in eine am Markt gelegene Ellenwarenhandlung. Als der Ladendiener mit seinem verbindlichen »Was steht zu Diensten« sich zu ihr hinüberbeugte, legte sie das verhängnisvolle Schnupftuch auf den Ladentisch. »Das Dutzend ist unvollständig geworden; Sie haben doch noch mit solcher Kante?«

Er hatte noch mit solcher Kante, und mit fliegenden Fingern war das Tuch abgerissen und eingewickelt.

Nein, sie hatte sonst nichts zu befehlen; sie war schon wieder draußen, froh über das hergestellte Dutzend, ihren Einkauf in der Tasche. Ein Weilchen stand sie und blickte die lange Straße hinauf, bei sich bedenkend, ob sie noch eine Stippvisite bei ihrer Mutter wagen dürfe, die droben in einer Quergasse wohnte. Nun aber sah sie von dort die alte Karoline in die Hauptstraße einbiegen und in voller Arbeit mit Regenschirm und Taffethut nach dem Markt heruntersteuern. Ein Lächeln flog über das Gesicht des Mädchens. ›Nein, nein‹, sagte sie bei sich selber, ›nun geht's nicht, nun wird mit allen Händen angegriffen!‹ Und munter schritt sie die Marktstraße hinab, dem Hause des Vetters zu, das jetzt ja ihre Heimat war. Sie bemerkte dabei gar nicht, daß ein kleines Schutzengelchen mit weißen Schwingen, lächelnd, wie sie vorhin gelächelt hatte, auf dem ganzen Wege über ihrem Haupte flog.

Oben in seinem Studierzimmer saß der Vetter im Vollgefühl des freien Sonnabendnachmittags, eine Tasse Kaffee neben sich, die Zeitung vor der Nase. Freilich las er nicht allzu eifrig, denn unter ihm im Wohnzimmer saß jetzt, wie er wußte, das treffliche Mädchen und nähte seinen Namen in das neue Schnupftuch; ja, selbst der Lehnstuhl, worin er saß, war von ihrer kleinen Hand gepolstert. Das alles kam zwischen seine Zeitung.

Da tat sich die Tür auf; Karoline trat herein und meldete die Madame Hennefeder.

»Führe Sie die Frau Hennefeder zu ihrer Tochter!« sagte der Vetter.

»Aber sie wünscht den Herrn selber zu sprechen!« Und in der rauhen Stimme der Alten glänzte so etwas, das den Vetter stutzen machte.

Er blickte von seiner Zeitung auf. »Warum sieht Sie denn so vergnügt aus, Karoline?« fragte er. »Sie hat ja ganz blanke Augen!«

»Ich bin nicht vergnügt, Herr Doktor.«

»Nun, so bitte Sie Madame Hennefeder sich hereinzubemühen!«

Die kleine runde Frau, welche draußen vor der Tür gewartet hatte, wurde fast mit etwas liebender Gewalt von Karoline in des Vetters Studierzimmer hineingeschoben. Sie schien in großer Aufregung, die künstlichen Kornblumen unter ihrem Hute zitterten heftig; auf des Vetters Einladung, Platz zu nehmen, setzte sie sich nur auf die eine Ecke des angebotenen Stuhles.

Karoline warf der offenbar verzagten Frau einen halb ermutigenden, halb unwilligen Blick zu, aber es gab keinen Vorwand zu längerem Verweilen. Sie ging hinaus, schlurfte die paar Schritte bis zur Treppe und blieb dann wieder unschlüssig am Geländer stehen. Noch einmal und aus purer Neugierde horchen, das wollte sie denn doch nicht! Die Madame Hennefeder, der sie den ganzen Umstand aufgeklärt hatte, würde ja schon den Mund auftun; sie war sonst als eine tapfere Frau bekannt, sie werde ja auch hier kurzen Prozeß machen und das Mädchen aus dem Hause nehmen. – Aus diesen Gedanken wurde die Alte durch den scharfen Klang der Glocke aufgeschreckt, die, aus des Doktors Zimmer führend, jetzt gerade über ihrem Kopfe läutete.

Als sie nach einer Weile hereintrat, da saß Frau Hennefeder und hatte beide Augen voll Tränen; der Herr Doktor stand noch, den Griff des Klingelzuges in der Hand. »Frau Hennefeder«, sagte er, »läßt Fräulein Julie bitten, zu uns heraufzukommen.«

Karoline suchte in dem Gesicht ihres Herrn zu lesen. Wie stand die Sache? Es war etwas in den Augen ihres kleinen Christian, das ihrer und der mütterlichen Erziehung hohnzusprechen schien. Aber es half nichts, sie mußte den erhaltenen Auftrag ausrichten. Und bald darauf flog ein junger elastischer Tritt die Treppe hinauf und verschwand oben in des Vetters Studierzimmer; die alte Karoline blieb im Unterhause und wanderte unstet, viel unverständliche Worte bei sich murmelnd, zwischen Küche und Hausflur auf und ab.

Da stürmte es die Treppe herunter. Es war der Doktor; sie sah ihn noch eben die Haustür hinter sich zuwerfen; dann war er fort und sah nicht einmal, wie seine alte Karoline stumm und ratlos auf ihrem Küchenstuhl zusammensank. Denn eilig schritt er die Straße hinab, einmal rechts, dann wieder links und dann in das Haus des Onkel Senators.

Ohne anzuklopfen trat er in dessen Privatkontor.

»Christian, mein Junge«, sagte der alte Herr, indem er von seinen Büchern aufblickte, »was hast du? – Bist du es denn aber auch selber? Du strahlst ja wie die Morgensonne!«

»Ich weiß nicht, Onkel; aber ich habe dir etwas Außerordentliches mitzuteilen.«

»So setze dich auf diesen Stuhl!«

»Nein, Onkel, ich danke; es ist nicht zum Sitzen.«

»Nun, so kannst du stehen! Ich aber darf doch wohl in meinem Schreibstuhl bleiben. So – und nun rede, wenn du magst!«

Der Vetter holte ein paarmal recht tief Atem.

»Du weißt es, Onkel«, begann er dann, »ich bin eigentlich ein verwöhnter Mensch; mein seliger Vater –«

»Ja, ja, mein Junge, das war ein guter Mann; aber was denn weiter?«

»Dann, Onkel, war bis vor wenigen Jahren noch meine Mutter da, und als die starb – siehst du! auch die alte Karoline hat es immer gut mit mir gemeint.«

Der Onkel sprang von seinem Sitze auf und legte beide Hände auf des Vetters Schultern. »Christian«, sagte er, »du bist eine Seel von einem Menschen! Aber, was denn nun noch weiter?«

»Nur, Onkel, daß ich heute ein vollständiges Glückskind geworden bin! Die Frau Hennefeder –«

»Was? Auch die, mein Junge?«

»Aber, so höre doch nur! Frau Hennefeder, sie kam vorhin zu mir; sie wollte mich persönlich sprechen; aber ich weiß noch diese Stunde nicht, was die gute Frau eigentlich von mir gewollt hat; zwar wir sprachen allerlei zusammen, doch ich bin gewiß, daß wir uns beide nicht verstanden haben. Dann aber sagte sie seltsamerweise, und ich habe noch immer nicht begriffen, wie sie dazu veranlaßt werden konnte, von solchen Dingen zu mir zu reden – sie könne ja nicht erwarten, sagte sie, daß ich eine Tochter von meines Onkels Kontoristen heiraten werde, was denn doch offenbar nur auf Julie verstanden werden konnte.«

»Nein«, sagte der alte Herr mit schelmischer Trockenheit, »das konnte sie freilich nicht erwarten.«

Der Vetter stutzte einen Augenblick. »Doch, Onkel«, sagte er, »sie *konnte* es erwarten. Denn ich für mein Teil hatte nun genug verstanden. Heiraten! Julien heiraten! Siehst du, Onkel, wie ein Sonnenleuchten fuhr es mir durchs Hirn; das war es ja, was mir trotz dreistündigen Rauchens gestern nacht nicht hatte einfallen wollen. Ein rechter Übermut des Glückes überfiel mich; ich zog resolut die Klingelschnur, und auf mein Ersuchen trat nun Julie selbst ins Zimmer.«

»Und das Mädchen hat dir keinen Korb gegeben, Christian?«

»Doch, beinahe, Onkel!« erwiderte der Vetter, und ein Lächeln der vollsten Lebensfreude überzog sein hübsches Antlitz; »denn als ihre Mutter jene heikle Frage an sie tat, nämlich, ob sie meine, des Subrektors Christian, Ehefrau werden wolle, da schlug sie die Augen nieder und stand, mir zum höchsten Schrecken, eine ganze Weile stumm und wie betäubt; nur ihre kleinen Hände falteten sich ineinander. Dann aber, zu meinem Glücke, öffneten sich ihre Lippen und: ›O bitte, wenn Sie nichts dagegen haben!‹ tönten aus dem rosigen Tore ihres Mundes zwar leise, aber in entzückender Deutlichkeit jene Worte, die ich bisher nur in stummer Schrift in ihren lieben Augen gelesen hatte. Und nun – wenn auch alles fest und unwiderruflich ist für die kurze Ewigkeit dieses Lebens, mein lieber alter Onkel, so frage ich dich doch: Hast denn du etwas dagegen?«

»Ich? Nein, mein Junge!« Und der alte Herr schloß seinen Neffen fest in seine Arme. »Aber, Christian, was werden die Großtante und die alte Karoline dazu sagen?«

Die Großtante, infolge der geschickten Vermittelung des Onkels und des Wohlgefallens, das sie an dem Mädchen schon vordem gefunden hatte, sagte freilich nicht allzuviel. Bedenklicher war es auf der anderen Seite; denn während obiges im Hause des Onkels geschah, stand in des Vetters Küche die kleine runde Madame Hennefeder, die Augen noch immer in Freudentränen schwimmend, vor der alten Karoline, deren beider Hände sie sich bemächtigt hatte, und rief eins über das andere: »Alles in Ehren, Karoline, alles in Ehren!« und dankte ihr in überströmenden Worten für ihre freundschaftlichen und rechtzeitigen Bemühungen in dieser delikaten Angelegenheit.

Die Alte sagte gar nichts; nur ihr großer Kopf begann allmählich und immer gewaltsamer zu zittern und zu nicken, als würde er durch im Innern heftig arbeitende Gedanken in Bewegung gesetzt, welche vergebens die Erlösung des lebendigen Wortes suchten. Die gute Madame Hennefeder wurde von der unheimlichen Vorstellung befallen, die alte Karoline könne sich am Ende noch den schweren Kopf vom Rumpf herunternicken. Allein plötzlich hatte diese ihre Sprache wiedergefunden. »So«, sagte sie, »so wird man aus dem Hause gestoßen! Aber mein Abschied ist heute noch geschrieben!«

– – Er wurde nicht geschrieben. War es nun die Macht der Tatsachen oder die Liebe für ihren kleinen Christian und für die Wände seines Hauses, die alte Karoline blieb als zwar grimmiger, aber getreuer Hausdrache auf ihrem Posten. Eine Zeitlang waltete sie sogar wie einst allein im Hause; denn Julie war, bürgerlicher Sitte gemäß, in die Obhut ihrer Mutter zurückgekehrt, bis sie der ihres Mannes übergeben würde.

Dann, im wunderschönen Monat Mai, im Hause des Onkels, gab es eine Hochzeit. Mit Goldregen und Syringen war das Haus geschmückt, auf allen Wänden lag der Frühlingssonnenschein; im Hafen flaggten alle Schiffe. Und niemand war vergessen; Küster und Organisten, Nachtwächter und Armenvogt, alle hatten ihren silbernen Freudengruß empfangen; an der Hochzeitstafel aber waltete zur besonderen Genugtuung des Onkels und aus aller Dienerschaft hervorragend, die alte Karoline in ihrer rosa Flügelhaube. Die Braut durfte keine Schüssel aus einer andern als aus ihrer Hand empfangen; weiter jedoch dehnte sich ihre Gunst nicht aus; die kleine Madame Hennefeder, die strahlend an des Onkels Seite saß – sie gönnte ihr alles Gute; im übrigen – das konnte niemand von ihr verlangen!

– – Und die Stunden flogen. Lind war die Nacht; drüben in der andern Straße um das alte Familienhaus stand einsam und dufterfüllt der Garten. Da klirrte die Pforte; es war der Vetter mit seinem jungen Weibe. Der Nachthauch säuselte in den Zweigen, oder waren es nur die Blüten, die aus der Knospenhülle drängten? Wie durch Adams Bäume vor Tausenden von Jahren, so schien auch heute noch der Mond.

Als Hand in Hand das junge Paar die Schwelle seines Hauses überschritt, hörten sie draußen von der Gasse den alten Matthias singen:

> Wie schön ist Gottes Welt
> Und jedes seiner Werke!

Vier Jahre sind seitdem verflossen. In dem alten Hause springt jetzt zwischen Christian und Julien ein kleinerer Vetter über Trepp' und Gänge, ein allerliebster Bursche. Freilich ist er nicht ganz wie seine Mutter, denn er bittet nicht immer und hat oft sehr viel dagegen. Auf der alten Karoline reitet er sogar, wie Amor auf dem Tiger; man sieht es leicht, er hat sie ganz und gar gezähmt. Es tut ihr gut, der Alten, daß sie ihren Überwinder gefunden hat, sie ist ganz heiteren Gemüts geworden; ja, wenn die Sonne in das Küchenfenster scheint, so kann man mitunter von dort aus einen grunzenden Gesang vernehmen, der zu dem Sausen des Teekessels keine üble Begleitung macht.

– Aber es ist acht Uhr! Frau Julie erwartet mich an ihrem Teetisch; ich soll ihr beistehen gegen ihren Mann, damit er sich nicht auch noch in die Volksbank wählen lasse. Er wird ihr gar zu regsam, der Vetter, er hat seine Augen und Hände jetzt allenthalben. Frau Julie in ihrer Herzensunschuld ahnt vielleicht nicht, daß sie der Urquell dieses Lebens ist; aber, nichtsdestoweniger, für ein paar Abende der Woche meint sie doch das Recht auf ihren Mann zu haben.

382 Und also, lieber Leser, gehab dich wohl!

Biographie

1817 *14. September:* Theodor Storm wird in Husum als Sohn des Advokaten Johann Casimir Storm und seiner Frau Lucie, geb. Woldsen, geboren.

1826 Eintritt in die Husumer Gelehrtenschule.

1833 Das erste, an seine Jugendliebe gerichtete Gedicht Storms entsteht: »An Emma«.

1834 Im Husumer Wochenblatt wird mit »Sängers Abendlied« erstmals ein Gedicht von Storm veröffentlicht.

1835 Storm tritt in das Katharineum in Lübeck ein.
   Lektüre von Heines »Buch der Lieder«, Werken von Goethe und Eichendorff.

1836 Bekanntschaft mit der neunjährigen Bertha von Buchan.

1837 Storm immatrikuliert sich an der Universität Kiel zum Jurastudium.
   Verlobung mit Emma Kühl.
   Storm schreibt Gedichte für Bertha.

1838 Auflösung der Verlobung mit Emma.
   Wechsel an die Universität Berlin.
   Reise nach Dresden.
   Veröffentlichung kleinerer Werke in verschiedenen Zeitschriften.

1839 Rückkehr nach Kiel.
   Beginn der Freundschaft mit Theodor und Tyche Mommsen.

1842 Storms Heiratsantrag an Bertha von Buchan wird zurückgewiesen.
   Zusammen mit Theodor und Tyche Mommsen sammelt Storm Märchen und Sagen aus Schleswig Holstein.
   Er legt in Kiel das Staatsexamen ab.
   Herbst: Storm kehrt nach Husum zurück.

1843 In Husum arbeitet Storm als Anwalt in der Kanzlei seines Vaters.
   Storm gründet einen Gesangsverein.
   »Liederbuch dreier Freunde« (Gedichte, mit Theodor und Tyche Mommsen).

1844 Verlobung mit der Cousine Constanze Esmarch.

1846 Heirat mit Constanze Esmarch.

1847	Liebesbeziehung zu Dorothea Jensen.
	Storm schreibt eine Reihe von Liebesgedichten.
1848	Geburt des Sohnes Hans.
1850	Beginn der Korrespondenz mit Eduard Mörike.
1851	Geburt des Sohnes Ernst.

1847 Liebesbeziehung zu Dorothea Jensen.
Storm schreibt eine Reihe von Liebesgedichten.

1848 Geburt des Sohnes Hans.

1850 Beginn der Korrespondenz mit Eduard Mörike.

1851 Geburt des Sohnes Ernst.
»Sommer-Geschichten und Lieder« (Novellen und Gedichte), darin u.a. die 1849 entstandene Novelle »Immensee«, die zu Storms Lebzeiten erfolgreichste seiner Novellen, und »Der kleine Häwelmann«.

1852 Aus politischen Gründen kann Storm nicht mehr als Anwalt arbeiten und bemüht sich um verschiedene Anstellungen als Richter und im preußischen Justizdienst.
Reise nach Berlin.
»Gedichte«.

1853 Geburt des Sohnes Karl.
Übersiedlung nach Potsdam, wo Storm preußischer Gerichtsassessor wird.
Bekanntschaft mit den Mitgliedern der literarischen Vereine »Tunnel über der Spree« und »Rütli«, darunter mit Theodor Fontane, Franz Kugler und Adolph Menzel.
Beginn des Briefwechsels mit Paul Heyse (bis 1888).

1854 Bekanntschaft mit Joseph von Eichendorff.
»Im Sonnenschein« (Novellen).

1855 Geburt der Tochter Lisbeth.
Reise nach Süddeutschland, Besuch bei Mörike in Stuttgart.
»Ein grünes Blatt« (Novellen).

1856 Storm zieht nach Heiligenstadt im Eichsfeld um, wo er zum Kreisrichter ernannt wurde.
»Gedichte« (2. vermehrte Auflage).

1857 »Hinzelmeier« (Novelle).

1858 »Gedichte« (3. Auflage).

1860 Geburt der Tochter Lucie.
»In der Sommer-Mondnacht« (Novellen).

1861 »Drei Novellen«.

1863 Geburt der Tochter Elsabe.
»Im Schloß« (Novelle).
»Auf der Universität« (Novelle; 1865 unter dem Titel »Lenore« wiederveröffentlicht).

1864 Storm wird nach dem deutsch-dänischen Krieg zum Landvogt von Husum gewählt und kehrt dorthin zurück.
»Gedichte« (4. vermehrte Auflage).

1865 Geburt der Tochter Gertrud. Tod Constanzes.
Auf Einladung von Iwan Turgenjew Reise nach Baden Baden.
»Zwei Weihnachtsidyllen« (Novellen).

1866 Heirat mit Dorothea Jensen.
»Drei Märchen« (1873 wiederveröffentlicht unter dem Titel »Geschichten aus der Tonne«).

1867 »Von Jenseit des Meeres« (Novelle).

1868 Geburt der Tochter Friederike.
Storm wird zum Amtsrichter ernannt.
»In St. Jürgen« (Novelle).
»Novellen«.
»Sämtliche Schriften« (19 Bände, 1868–89).

1872 Reise nach Salzburg und München, wo er Paul Heyse trifft.

1873 »Zerstreute Kapitel« (Novellen und Gedichte).

1874 Storm wird zum Oberamtsrichter ernannt.
»Novellen und Gedenkblätter«.

1875 »Waldwinkel. Pole Poppenspäler« (Novellen).
»Ein stiller Musikant. Psyche. Im Nachbarhause links« (Novellen).

1876 Reise nach Würzburg.

1877 »Aquis submersus« (Novelle).
Beginn des Briefwechsels mit Gottfried Keller.

1878 Aufenthalt in Varel.
»Carsten Curator« (Novelle).
»Neue Novellen«.

1879 Storm wird Amtsgerichtsrat.

1880 Pensionierung Storms.
Umsiedlung nach Hademarschen.
»Zur ›Wald- und Wasserfreude‹«.
»Drei neue Novellen«.
»Eckenhof. Im Brauerhause« (Novellen).

1881 »Der Herr Etatsrath. Die Söhne des Senators« (Novellen).

1883 »Hans und Heinz Kirch« (Novelle).
»Zwei Novellen«.

1884 »Zur Chronik von Grieshuus« (Novelle).

1885	»John Riew'. Ein Fest auf Haderslevhuus« (Novellen).
	»Gedichte« (Neue, vermehrte Auflage).
1886	Aufenthalt in Weimar.
	Oktober: Schwere Krankheit.
	Dezember: Tod des Sohnes Hans.
1887	Reise nach Sylt.
	»Bei kleinen Leuten« (Novellen).
	»Ein Doppelgänger« (Novelle).
	»Bötjer Basch« (Novelle).
1888	*Januar:* Letzter Aufenthalt in Husum.
	Februar: Fertigstellung des »Schimmelreiters«.
	April/Mai: »Der Schimmelreiter« erscheint in der »Deutschen Rundschau« (Buchausgabe im gleichen Jahr).
	»Ein Bekenntniß« (Novelle).
	»Es waren zwei Königskinder« (Novelle).
	4. Juli: Tod Storms in Hademarschen.

Erzählungen aus dem Biedermeier

Biedermeier - das klingt in heutigen Ohren nach langweiligem Spießertum, nach geschmacklosen rosa Teetässchen in Wohnzimmern, die aussehen wie Puppenstuben und in denen es irgendwie nach »Omma« riecht.

Zu Recht. Aber nicht nur.

Biedermeier ist auch die Zeit einer zarten Literatur der Flucht ins Idyll, des Rückzuges ins private Glück und der Tugenden. Die Menschen im Europa nach Napoleon hatten die Nase voll von großen neuen Ideen, das aufstrebende Bürgertum forderte und entwickelte eine eigene Kunst und Kultur für sich, die unabhängig von feudaler Großmannssucht bestehen sollte.

Georg Büchner Lenz **Karl Gutzkow** Wally, die Zweiflerin **Annette von Droste-Hülshoff** Die Judenbuche **Friedrich Hebbel** Matteo **Jeremias Gotthelf** Elsi, die seltsame Magd **Georg Weerth** Fragment eines Romans **Franz Grillparzer** Der arme Spielmann **Eduard Mörike** Mozart auf der Reise nach Prag **Berthold Auerbach** Der Viereckig oder die amerikanische Kiste

ISBN 978-3-8430-1884-5, 444 Seiten, 29,80 €

Erzählungen aus dem Biedermeier II

Annette von Droste-Hülshoff Ledwina **Franz Grillparzer** Das Kloster bei Sendomir **Friedrich Hebbel** Schnock **Eduard Mörike** Der Schatz **Georg Weerth** Leben und Taten des berühmten Ritters Schnapphahnski **Jeremias Gotthelf** Das Erdbeerimareili **Berthold Auerbach** Lucifer

ISBN 978-3-8430-1885-2, 440 Seiten, 29,80 €

Erzählungen aus dem Biedermeier III

Eduard Mörike Lucie Gelmeroth **Annette von Droste-Hülshoff** Westfälische Schilderungen **Annette von Droste-Hülshoff** Bei uns zulande auf dem Lande **Berthold Auerbach** Brosi und Moni **Jeremias Gotthelf** Die schwarze Spinne **Friedrich Hebbel** Anna **Friedrich Hebbel** Die Kuh **Jeremias Gotthelf** Barthli der Korber **Berthold Auerbach** Barfüßele

ISBN 978-3-8430-1886-9, 452 Seiten, 29,80 €